▲ 지은이 복암 이동훈(復庵 李東薰)

▲ 지은이의 유영 (금강산의 주봉인 비로봉(해발 1638m)에서, 1940년)

金剛山探勝記念

自神溪寺溯溪迤出路向云右迂上則普光菴也坐菴山
眺望則上有觀音世尊彩霞集仙諸峰中謖作孤形壽
尖妙兀重疊多端令人精神光越悅惚忘我厥迂有先
夫來憺如荷鋤弄立來樣亦奇觀也

齊峰棟立似孤形中者孤蒼絶倣情老夫鋤弄果先不審
何年先鋤化而成

金剛山

自群仙沃歷五仙岩渡神溪川有一巨岩剗一方孤要有
三聖菴九肘仍南有神仙窟以世峰非俱峰輕之美植物檐
栢松柳之爲支離煮鷲中怒川兩沃者更水雷也亦
立四方者後兀戟此外金剛風橫餉色彩而牡快中

▲ 지은이의 유묵 『금강록』 초고(1)

▲ 엮어편 이의 사생하는 모습(금강산 만물상, 1944. 6.)

▲ 엮어편 이 석재 이정구(石齋 李鼎九)와 화우(畵友) 이명의(李明儀) (금강산 비로봉, 1944. 6)

峯上無上得仙古陌那有畫能瓜云蒼之

白雲拖作白雲形快觀偏宜夕照明寶樹護柯護雲帳云

之千古眾香城

昆盧峯

歷眾香城至永郞峯也清幽水石冒歷樹林迤會令人身目

供悅而及止永郞昆盧交會之地如束立若有霜峰唐

嶂群雲万千銀幛玉屛簇擁左右石林之森列刻巧

岩流之隱現街字可謂酬應不暇高泂之盡有岩碰

當天乃昆盧峯城嶂也自是手足幷行高登人橋詠至上

峯凡十里也鑹千峯萬岩十生九死意謂此路窮虛部天

帝寶産也岩又岩攀又攀至上頂乃曰此昆盧頂此頂之上

古法起菴菴設道場心金剛主上峯故錫其名曰此毗盧峯

▲ 지은이의 유묵 『금강록』 초고(2)

1940년 금강록

복암 이동훈 저
산문 조남권 역/ 시 홍재휴 역
이 정구 편

평민사

이 책을 거듭 펴내며

　이제야 금강산 가는 길이 열리기 시작하였다.

'십년이면 강산도 변한다'더니 참으로 이를 실감케 한다.

이 책을 원제(原題) 『金剛錄』으로 처음 펴낸 것이 꼭 12년이 되었다. 그때만 하여도 온 겨레의 염원이던 금강산 구경이란 생의 조차 할 수 없던 시절이었으나 때마침 왕고(王考)와 선고(先考) 양위(兩位)의 유고를 합편한 『甲下復庵兩世遺集』(갑하복암양세유집)을 국역 간행하면서 여기에 모두 수록되지 못한 『금강록』의 일부를 수습(收拾)하여 보완한 별책 국역본을 간행하였다.

　엮고보니 여기에는 금강산의 아름답고 신비로운 풍광(風光)을 서정(抒情)한 시와 흥미로운 설담(說譚)이 풍부하게 곁들여 있었으므로 비록 가볼 수 없는 안타까움을 글로나마 새겨보고 이해하는 데 도움이 될 듯하여 출간하기로 하였던 것이다.

　이제는 꿈에도 그리던 금강산을 비록 정해진 길을 따라 제한된 지역과 한정된 사람만이 오갈 수 있게 되었으나 그래도 직접 밟아보고 바라보며 신비로운 자연을 완상하고 호흡할 수 있는 자유를 누리게 되었으니 참으로 금석지감을 금할 수 없다.

　여기에는 누구나 한 번 가보고 싶은 곳이기에 이에 대한 관심과 열망이 불꽃처럼 일고 있는 요즈음이다. 이러한 때를 맞아 이 책은 금강산에 대한 진경(眞景)의 이해를 돕기 위한 하나의 안내서가 될 듯하다. 여기에 다시 금강산을 소재(素材)로

한 문헌적 의의를 돕고자 답사 당시 (庚辰年)의 금강산 모습들을 사진으로 곁들이고 읽는 이들에게 보다 친근한 느낌을 주어 이해하기 쉽도록 원제를 고쳐서 『1940년 금강록』이라 하여 다시 펴내기로 하였다. 그러나 작품의 배열이 노정(路程)과 일치하지 못한 것은 유고의 수습 보완에 따른 부득한 것이었음을 밝혀둔다.

이제는 벌써 칠질(七秩)을 훨씬 넘기고 보니 선고께서 오르신 비로봉을 이어 올라본 옛일이 더욱 새로워지고 따라서 일어나는 자상하신 어버이의 자애(慈愛)로움이 한없이 그리워지나 위선(爲先)치 못하는 안타까움이 한스러울 뿐이더니 마침내 오월의 어버이날을 맞아 이 책을 다시 펴서 미성(微誠)의 징표(徵表)로 삼고자 하니 참으로 기쁨을 금할 수 없다.

이를 다시 펴내는 데 노고를 끼친 역자(譯者)와 어려운 사정을 무릅쓰고 다시 맡아 흔쾌히 펴내 주신 평민사 측에 감사드려 마지 않는다.

1999년 5월 8일
어버이날에 안양에서 石齋 李 鼎 九 謹識

초간 책머리에

이 책은 선고(先考) 복암공(復庵公)께서 지난 경진년(庚辰年, 1940) 봄에 금강산을 유람하고 기행록으로 엮은 금강록(金剛錄)을 번역한 것이다.

이것은 장엄하고 신비로운 대자연의 금강산을 보고 듣고 느끼며 생각한 갖가지 사연의 설담(說譚)과 감발(感發)된 정서를 아름답게 승화시킨 시를 곁들여 놓은 것이다.

이 초고본(草稿本)이 새로 발견되어 마침내 복암집의 국역보간본(國譯補刊本)을 내면서 이것을 발초하여 한권의 책자로 엮었다.

지은이의 휘(諱)는 동훈(東薰)이요, 호를 복암이라 하니 성은 이(李)로서 관(貫)은 전주(全州)이다. 조선 고종 정해년(1887)에 상주 갑장산(甲長山) 아래 오대(午臺)에서 태어나 임오년(1942)에 오십 육세를 일기로 세상을 떠났다.

본래 선원(璿源)의 계통을 이은 성종(成宗)의 왕자인 영산군(寧山君)을 분파조(分派祖)로 하여 줄곧 내려와 광해군 때 상산군(商山君)이 상주로 옮겨 살게 된 뒤로부터 이곳에서 살아왔는데 유학에 종사하는 이가 끊이지 아니하였다.

복암공은 일찍 시려 황공 난선(是廬 黃公 蘭善)의 문에 나아가 수학하다가 만년에는 공산 송공 준필(恭山 宋公 浚弼)의 문에 사사(師事)하였다. 언어·행동이 충성되고 신실하며 겸허하고 공손하였으며 인자한 가운데도 강직하였다. 학문의 소양이 넉넉하고 넓었으며 윤상(倫常)이 독실하여 효우(孝友)가 극진하

였다. 위선(爲先)을 큰 보람으로 삼아 선대에서 끼친 미진한 사업을 성취하는 데 성력을 다하였다.

이러한 여가에 이루어 놓은 시문(詩文)이 한 권의 책자를 이루게 되어 복암집으로 엮어 간행한 바 있다.

여기에서 특히 이 금강록을 가려뽑아 다시 펴내려고 하는 것은 현실에서 보아 당장의 금강산 구경은 실현할 수 없는 상황이므로 우리의 가슴속에 마음의 금강산을 선사하여 겨레의 간절한 소망을 조금이라도 덜어 주고 싶은 생각 때문이다.

이 금강록을 국역 간행함에 있어서 산문(散文)은 조남권(趙南權) 선생이 맡고 시(詩) 부분은 홍재휴(洪在烋) 교수가 각각 맡아 매만졌음을 일러 고마운 뜻을 표하며 어려운 사정을 무릅쓰고 이 출판을 맡아 주신 평민사 이갑섭(李甲燮) 사장께 감사하여 마지 않는다.

1987년 6월

石齋 李 鼎 九 謹識

금강록/차례

▲ 내금강 망군대

금강록소서

준구(峻九)와 홍구(洪九) 두 아이가 길주 등지에서 객지생활을 하고 있는데 일 년이 지나도록 돌아오지 않으므로 내가 가서 보고 몇 달간 머물러 있다가 돌아오는 길에 풍악(楓嶽)의 산천을 두루 관광하기에 수십 일간의 날짜를 소비하였으니 이를 적은 것이 이른바 금강록이다.

金剛錄小序

峻洪兩兒旅食吉州等地經年未返故余往見之而留連數月及其歸也歷覽楓嶽山川費經數旬日月此所謂金剛錄也.

13

장안사

이름난 산	지키려고	이 절이	열렸는듯
백천이란	구렁 안에	한 다리가	둘러 있네
영검한	땅이라서	나랏돈	끼쳐다가
천작으로	이룬 터에	선대를	꾸며놨네
원(元)의 황후 성대하게		이룩한	이 큰 집이
왜란에	재가 될 줄	차마 어찌	알았으랴
대웅전만	예런 듯이	오히려	남았기에
금강산	지난 내력	그대로	보여주네

* 도산사(都山寺)에서 장안사(長安寺)에 이르다. 이 절은 원나라 황후 기씨(奇氏)가 창건한 것인데 임진왜란 때에 대부분이 병화(兵火)에 타버리고……중결……대웅보전(大雄寶殿) 이층만이 우뚝 남아 있어 내금강산(內金剛山)의 으뜸 절이 되고 있으니, 이는 대개 고려대에 불교를 숭상하던 유적이다.

長安寺

爲護名山此寺開
百川洞裏一橋廻
地賴靈神遺國幣
天成基礎闢仙臺
盛擧元皇營巨宇
那知倭亂劫寒灰
大雄寶殿猶依舊
表示金剛歷史來

* 自都山寺至長安寺寺元皇后奇氏所創建而至壬辰倭亂殆成劫灰
…中缺…大雄寶殿二層巍然爲內山首班此檗麗代崇佛之遺跡也

▲ 내금강 장안사

태자성

신라때의	태자성이	빈터로	남았으니
잃은 나라	찾으려던	그 꿈이	속절없네
대궐터	변두리에	남아오는	돌 위에는
신라벌의	굳은 의리	영결차다	새겨있네

*신라가 망하고 나서 경순왕의 태자(太子: 麻衣太子)가 나라를 되찾을 계획을 품고 이곳에 숨어 살았다는데 각석(刻石)에 「東京義烈北地英風」[1]이라는 여덟 자가 있다.

太子城

羅代遺墟太子城
爲存亡國計無成
留來大闕基邊石
勒刻英風義烈名

*新羅亡敬順王太子懷興復之計隱伏于此云而刻石有東京義烈北地英風八字

---

1. 신라의 수도 경주에서 태어난 의로운 열사로서 북녘 땅인 그곳에서 영웅의 바람을 일으켰다는 뜻임.

영원동 지옥문

저승으로	가는 길엔	지옥문이	있다더니
시왕봉	아래에는	죄인들이	있다 하네
이름난	곳이라곤	황사 흑사	두 굴인데
인간 죄악	판결하여	나누어	보낸다네

* 태자성(太子城)으로부터 영원동(靈源洞)에 이르면 지옥문이 있고, 업경대(業鏡臺)에 이르면 대문과 같은 구멍 두 개가 있다. 하나는 황사굴(黃蛇窟)이라 하여 극락으로 통하는 문이고, 하나는 흑사굴(黑蛇窟)이라 하여 지옥으로 통하는 문인데 그 선악(善惡)을 판단하여 죄를 다스린단다. 또 시왕봉(十王峰)·죄인봉(罪人峰)·사자봉(使者峰)등이 있는데 매양 날씨가 흐리고 비가 축축히 내리는 고요한 밤, 사람이 없을 때에는 왕왕 심사하여 죄를 다스리는 소리가 난다고 한다.

靈源洞地獄門

神道云云地獄門
十王峰下罪人存
有名兩窟蛇黃黑
判送人間罪惡分

* 自城而至靈源洞有地獄門至業鏡臺有如大門竇者兩而一名黃蛇窟通極樂一名黑蛇窟通地獄判其善惡而治罪又有十王峰罪人峰使者峰等每天陰雨濕靜夜無人之時往往有審査治罪之聲云

미륵봉

영원동	안에서는	임자처럼	솟은 봉아
미륵불	전신으로	네가 바로	생겼더냐
절하는 돌	천년토록	받들어	오는 이곳
이제는	바뀌어서	지장이라	이름하네

*이 미륵봉은 영원동의 주봉(主峰)인데 위에는 배석(拜石)이 있어 수십 인을 수용할 만하였다. 바라보면⋯⋯중결⋯⋯장엄하여 경건한 마음이 일 게 된다. 옛날에는 미륵봉이라 불렀는데 현재는 지장봉(地藏峰)으로 바뀌 었다⋯⋯결⋯⋯

彌勒峰

靈源洞裏主人峰
彌勒前身身爾峰
拜石千年崇奉地
伊今換說地藏峰

＊是靈源洞之主峰而上有拜石可容數十人坐望之⋯中缺⋯有莊嚴 起敬之意古稱彌勒而今換地藏峰⋯缺⋯

헐성루

경치 좋다	손을 꼽는	동남쪽	헐성루는
만 이천	봉우리를	점고라도	할 만하니
모나고	둥근 모습	다투어	뽐내는 양
금강산	온 풍경을	거두어	볼 만하네

＊이 헐성루는 금강산 오른쪽에 있는 하나의 조그마한 누각인데 그 위치가 아주 적합하여 올라가 내려다보면 일만 이천 봉의 전경을 볼 수 있다.

歇惺樓

東南形勝歇惺樓
點考崗巒萬二頭
正側方圓爭獻異
金剛風物可全收

＊樓是金剛右邊一小閣而其位置甚宜登臨可觀萬二千峰之全景

19

표훈사

들난 산에	좋은 절을	일찍이	이룩하니
역사에	전해오는	표훈이란	스님이네
법기보살	진신불은	이 봉세로	우뚝하고
사명당	끼친 흔적	먹자국이	말갛구나
능파루	솟은 위에	스님 무리	좌정하고
함영교	웃머리에	온갖 것이	엉겨 있네
원나라	황제 때의	금로와	향합들은
지금도	새긴 글자	모서리를	비춰주네

*이 표훈사는 신라 때 승려인 능인(能仁)·신림(神林)·표훈(表訓)같은 이들이 창건한 것이다. 앞에는 함영교(涵影橋)가 있고, 위에는 능파루(凌波樓)가 있는데 원나라 황제 때에 하사된 금로(金爐)와 향합(香盒) 같은 것들을 지금도 상고해 볼 수 있다.

表訓寺

名山名寺創開曾
歷史傳來表訓僧
法起眞身峰勢立
四溟遺跡黑痕澄
凌波樓上群禪定
涵影橋頭萬物凝
元帝當時爐盒物
至今銘字耀方稜

＊寺新羅僧能仁神林表訓等所創建也前有涵影橋上有凌波樓元帝
時金爐香盒等賜物至今可考

▲ 내금강 표훈사

▲ 내금강 정양사

금강문

쌍바위	모로 기대	구멍문이	열렸으니
예로부터	구경꾼을	맞이해	왔네
뉘집의	아이인지	아홉 살에	필력 좋아
금강 글자	굳센 획에	푸른 이끼	패여지네

* 표훈사의 동쪽 문에서 들어가니 곧 내부 금강이었다. 한데 별나게 자연석(自然石) 두 개가 있는데 모과처럼 둥근 모양으로서 서로 머리를 맞대어 있고 그 아래로는 대문과 같은 구멍이 통해져 있다. 길가에는 金剛이란 큰 글자를 새긴 돌이 있는데 경상북도의 아홉 살 난 아이가 쓴 것이라 한다.

金剛門

雙岩掎角寶門開
留待千秋玩賞來
九歲誰兒能腕力
金剛健畫劈蒼苔

* 自表訓寺東門入則卽內部金剛而特有自然石二個若木果圓樣而相依頭下有通寶若大門焉路傍刻石有金剛大字慶北道九歲兒所腕云

만폭동에서 비를 만나다

길손이	비를 만나	여장이	젖은 시름
이름난	산수 구경	쉴 틈이	없음일레
가람에	들어서니	무슨 절로	이름인가
큰 문루	인중방에	표훈사라	씌어 있네

萬瀑洞遇雨

行人遇雨濕裝愁
名水名山未假休
投入伽藍何許寺
楣呈表訓一門樓

만폭동 · 1

넓고 좁고	길고 짧은	뭇물이	서로 흘러
옥거울	은소반이	곳곳마다	펼쳐 있네
사람들이	이 맑고도	시원한 곳	미리 알아
만폭동	좋은 이름	입에 모두	올린다네

* 금강문에 들어가 영랑봉(永郞峰)에 이르면 삼십 리나 긴 골짜기에 솟아
나는 샘물과 격동하는 여울목들이 경쟁이나 하듯이 활발하게 좌우로 널려
있었으니, 참으로 이른바 형(形)·영(影)·태(態) 세 가지가 합쳐진 것이
었다. 이것이 바로 금강산의 내부 심장으로서 동맥격인 간선(幹線)이다.
장안사에 이르러 합류하여 만천강(萬川江)이 된다.

萬瀑洞 二首 · 1

洪纖長短衆流催　玉鏡銀盤處處開
世人已識清涼國　萬瀑佳名萬口裁

* 入金剛門至永郞峰三十里長谷飛泉激湍若競爭焉活潑焉映帶左
右眞所謂形影態三合此金剛山內部心臟而動脈的幹線也至長安寺
合流乃爲萬川江焉

만폭동 · 2

굽이굽이	흐르는 물	천 갈래	만 갈랜데
구슬 튀는	물보라에	거듭 용추	울어대니
이 세상의	한가함이	한가한 일	아니어니
이곳서야	한마딘들	응수할 수	있다하랴

萬瀑洞 二首 · 2

曲曲千流與萬流　飛珠散沫吼重湫
世間閒是非閒事　片語何能此地酬

▲ 내금강 만폭동

▲ 김유성의 금강산도(1764년)

향로봉

우뚝 솟은	향로봉	또 맨 위의	마루터는
서산대사	오르심에	오히려	어려웠네
씩씩하게	읊조리신	한 편의	싯속 말엔
모든 나라	도성들이	개미둑과	같다 했네

＊금강산을 전체적으로 볼 때 한복판에 우뚝 서 있는 것이 향로봉이다. 옛날 서산대사가 여기에 올라와서 "만국의 도성들이 개미집 만큼이나 작아 보이네"라는 시구를 지었다고 한다.

香爐峰

特立香峰上上竿
西山法釋陟猶艱
一篇活氣詩中語
萬國都城蟻垤看

＊金剛全局正中兀立者香爐峰也昔西山大師登臨于此作萬國都城蟻垤看之句

법기봉

법기봉은	진실로	법기승의	전신이라
얼마나	많은 이가	숭봉하여	오돗던고
뭇스님의	의발 내력	모두 이에	연유하니
금강산	불도야	빈승(貧僧)이라 말을 하랴	

* "옛날에 법기(法起)라는 중이 죽어서 이 봉우리의 전신(前身)이 되었다"고 하며, "여러 승려들의 의발(衣鉢)은 이 중으로부터 전해졌다"고 한다. 그러므로 세상 사람들은 신악(神嶽)이라 하여 숭봉하여 오고 있다.

法起峰

法起峰眞法起身
幾多崇奉世間人
群禪衣鉢皆由此
釋氏金剛道不貧

* 古有法起僧化得此峰前身云而群禪衣鉢傳自此僧云故世人以爲神嶽而崇奉焉

보덕굴

만길이나	높은 곳에	조그마한	중집 한 채
쇠고리	놋쇠 기둥	바위 허리	붙어 있네
선인과	천녀들이	거닐며	노닌 곳에
돌에 새긴	관음상이	고요히도	앉았구나

* 보덕굴(普德窟)은 법기봉(法起峰) 중턱에 서향으로 있는데 침중(沈重)하고 정적함이 팔만 아홉 개 암자 중에서 가장 경이적(驚異的)인 곳이다. 옛날에 선인(仙人)과 천녀(天女)들이 이따금 노닐던 곳인데 후인(後人)들이 돌 위에 관음상을 조각하였다.

普德窟

萬丈崔嵬一小寮
鐵環銅柱付巖腰
仙人天女婆娑地
石像觀音坐寂寥

* 右法起峰中腹西向沈重靜寂八萬九菴中最驚異處也昔有仙人天女往往婆娑之地而後人刻石像觀音焉

▲ 내금강 보덕굴

세두분

옥녀가	어느 해에	머리 여기	감았는가
절구같이	파인 바위	맑은 물이	흘러드네
수건암	바위빛이	씻은 듯	새로움은
아마도	옥녀의	단장기가	머뭄인가

*보덕굴 밑에 옥녀 세두분과 수건암이 있는데 주위에 감도는 맑은 뜻을 움겨잡을 수 있을 것만 같았다.

洗頭盆

玉女何年此洗頭
巖形臼鑿挹淸流
手巾巖色如新濯
疑是香粧尙逗遛

*普德窟下有玉女洗頭盆手巾巖淸意可掬

새벽에 일어나다

맑은	새벽녘에	선교 쪽을	걷노라니
땅을 차고	솟은 영봉	하늘 높이	빼어났네
고맙다	여러 진인	온갖 것을	받아들여
어리석은	속인들도	마음대로	놀게 하네

曉起

清晨起步向仙橋
拔地靈峰出九霄
多謝群眞容衆物
不退癡俗任逍遙

진주담

모난	돌틈 사이	얕은 냇물	층져 흘러
날은 구슬	흩어져서	마음껏	맑아있네
소리마다	부서져서	남는 것	없어지니
속세 사람	함부로	손댈 수도	없겠네

*여기서부터 산은 돌이 있기 때문에 생기가 나고, 돌은 물로 인하여 정채(精彩)를 가지고 있었다. 울퉁불퉁하고 뾰죽뾰죽한 데에서 쏟아져 나오는 만 개, 억 개, 수도 없이 크고 작은 구슬 모양이 만들어지다가 그 밑에 이루어진 용추(龍湫)에 미치게 되면 모두 부서져 남는 것이 없었으니 참으로 만폭동 중에서는 제일 상쾌한 구경거리였다.

眞珠潭

石勢方稜濺流層
飛珠散玉滿心澄
聲聲粉碎無零個
不使塵人着手能

* 自是山得石而有生氣石因水而有精彩瀉出巖石之層稜崛峍者做
得來萬億無量大珠小珠便如琉璃盤上弄珠樣及其成潭也碎盡無餘
眞萬瀑洞中第一快觀也

▲ 내금강 진주담

가섭암

등과 돌을	더위잡고	벼랑 끝에	다가오니
팔구간은	됨직한	넓은 굴이	탁 틔었네
도 닦던	방안에는	벽돌 상기	남았으니
자장법사	이곳에서	조용히	도 닦았네

＊언덕을 따라 돌을 잡고 올라가면 가섭굴(迦葉窟)이 있는데, 신라 때 자장율사(慈藏律師)가 그 굴의 유정(幽靜)하고 명묘(明妙)함을 사랑하여 그곳에 암자를 짓고 수도했다 한다.

迦葉菴

攀藤扶石到崖窮
八九餘間洞穴通
甓突尙餘修道室
慈藏法釋此從容

＊綠崖扶石而上有迦葉窟新羅時慈藏律師愛其窟之幽靜明妙菴其地而修道云

강선대

층마다	생긴 모습	깎아질러	기이하니
귀신의	솜씨인가	곳곳마다	의심쩍네
제일 높은	수미봉의	마루턱에	올라보니
천제가	내려와서	여기에	사신다네

* 가섭암(迦葉庵)에서 올라가면 범어(梵語)로 이른바 수미봉(須彌峰)이라는 곳이다. 기암이 중첩되고 장군암(將軍巖)·노장암(老丈巖)·영랑대(永郎臺)·수미대(須彌臺) 등이 층층으로 깎이어 넓적한 면이 있고 또 그 위에 강선대(降仙臺)가 있었으니 그곳은 금강산 한복판의 가장 높은 곳이었다. 전·후·좌·우로 인간 세계의 사대부(四大部)를 바라볼 수 있었다. 위에는 하늘에 있다는 제석(帝釋)[1]이 거처하는 궁궐이 있다 한다.

降仙臺

層層面面削如奇
鬼斧神工處處疑
第一須彌峰上上
云云天帝降臨居

* 自迦葉菴而上則梵語所謂須彌峰也奇巖重疊有將軍巖老丈巖氷郎臺須彌臺等層削有面而又其上有降仙臺此金剛中心最高地也左右前後可望人間四大部上有天帝釋提桓因之所宮云

---

1. 釋迦提桓因陀羅. 범왕과 더불어 불법을 지키는 신. 또 십이천의 하나로, 동쪽의 수호신. 수미산 꼭대기의 도리천에 살고 희견성의 주인으로서 대위덕을 가지고 있음.

선암

칠마장	겨우겨우	돌길로	이어진 곳
고요로운	수간 정사	달린 듯	자리했네
박빈거사	이곳에서	일찍이	도 닦다가
화한 육신	용선 타고	아득히	가셨다네

*강선대(降仙臺)의 동쪽으로 일곱 마장쯤 되는 곳에 우뚝 솟은 봉우리 하나가 있는데 지장봉(地藏峰)이라 한다. 그 봉우리의 남쪽에 평평한 돌 하나가 있고 그 위에 몇 칸의 정사(精舍)가 구축되어 있는데 선암(船庵) 이라 한다. 옛날에 박빈(朴彬)이라는 거사가 창건한 것인데 여기에서 수 도한 지 삼십년 만에 하루는 갑자기 서쪽 하늘을 보니 자색 구름이 몰려 들더니 성인(聖人)의 무리들이 와서 영접해 가지고 용선(龍船)에 태웠다. 그리하여 육신이 화하여 서쪽으로 갔다 한다.

船菴

七里綿綿石路連
寂寥精舍數間懸
朴彬居士曾修道
肉化龍船去杳然

*降仙之東七里許有蔚然一峰曰地藏峰峰之南得一平面石上搆數間精舍曰船菴昔朴彬居士之所剏建而修道于此三十年一日忽見西天紫雲搖曳聖衆來迎乘以龍船肉身化而西往云

용선전

세조 임금	어가 길이	어느 해에	다다랐나
용선전	우뚝한데	흰구름도	깊었구려
천리 밖에	끼친 후손	절하옴이	늦었구만
선조 끼친	명산 유적	찾아봄이	다행이네

龍船殿

世祖何年御輦臨
龍船屹立白雲深
千里遺孫衆拜晚
名山先蹟幸相尋

백운대 · 1

시냇물	따라 따라	백운대에	올라오니
돈대 위의	높은 암자	제비집이	열려 있네
알겠노라	유선들이	오르고	내리는 곳
이 몸이야	어떻게	내방 허가	받을손가

＊백운대라고 이름을 지은 것은 중향성(衆香城)이 있기 때문이다. 앞에는 옥순(玉筍)과 같은 봉우리들이 솟아 있고 경가(瓊柯)와 같은 나무들이 하나의 커다란 장림(長林)을 이루고 있어 매양 석양(夕陽)판에 관람하면 영롱하고 황홀한 하얀 빛깔이 그 일대를 숲처럼 에워싸고 있는 품이 눈(雪)으로 된 포장과도 같았다. 이어당(李嵋堂)¹의 시에 "영산(靈山)과 불정산(佛頂山) 상투처럼 뾰죽뾰죽/보수(寶樹)²에 서리 꽃 피어 빽빽이 무리졌네/하늘 위에 다시는 이 같은 산 없으니/이 세상엔 어떻게 그림인들 같을손가"한 그것이었다.

白雲臺 二首 · 1

沿溪上上白雲臺
臺上高菴鷰壘開
認是遊仙升降地
此身那得許得來

＊臺以白雲名者以有衆香城故也前有玉筍瓊柯須成一大長林每夕陽觀玩則白玲瓏皓怳惚者一面簇圍如雪布帳焉李嵋堂詩靈山佛頂重重髻寶樹霜華萬萬叢天上更無山得似世間那有畫能同者也

---

1. 이름은 象季, 哲宗 때의 사람.
2. 浮土에 나는 나무.

백운대 · 2

백운대의	모양이	흰 구름	형상인데
상쾌한	구경하기	석양판이	알맞도다
보수와	경가들에	백설 장막	둘러친 곳
천고에	이름 높은	중향성	이름답네

白雲臺 二首 · 2

白雲臺作白雲形
快觀偏宜夕照明
寶樹瓊柯環雪帳
云云千古衆香城

비로봉 · 1

비로봉	가운데도	제일 가는	이곳에는
하늘나라	그대로	환히	열렸네
신령한	봉우리는	천불이	절하는 듯
푸른 바다	너른 물결	펼쳐져	오네
흰 구름은	사람 사는	하계에서	일어나고
층층돌은	신선 사는	상대를	호위했네
거품 같은	중생이	살고 있는	이 세상을
내려다	보노라니	서글픔이	더해지네

* 중향성(衆香城)을 지나면 영랑봉(永郎峰)에 이르게 되는데 청유(淸幽)한 수석(水石)과 부려(富麗)한 수림(樹林)이야말로 사람들의 이목을 다같이 즐겁게 해주고 있다. 그러다가 영랑(永郎)과 비로(毘盧) 두 동네가 맞닿는 곳에 이르면 묶어 세운 것과 같은 상봉(霜峰)과 설장(雪嶂)이 헤아려 볼 수도 없이 무리져 있고, 은장(銀障)과 옥병(玉屛)이 숲처럼 좌우로 옹립하여 있다. 암석들이 숲처럼 벌이어 조각품처럼 공교롭고, 바위틈으로 흐르는 물들은 밑으로 숨어들기도 하고 위로 나타나기도 하면서 기이함을 자랑하는 품이야말로 가히 수응(酬應)할 겨를이 없다고 할 수 있었다. 이 동네가 다한 곳에 암벽이 하늘 높이 솟아 있었으니 바로 비로봉의 성첩(城堞)이었다.

여기서부터 손과 발을 다 써서 엉금엉금 사다리 길을 오르고 또 오르면 상봉까지는 십 리 거리이다. 비록 천신만고요 십생구사(十生九死)라고는 하겠으나, 이 길이 끝진 곳은 곧 천제(天帝)의 보좌일 것이라는 생각이 들었다. 바위가 나오고 또 바위가 나오는 대로 기어오르고 또 올라 정상에 이르니 바로 비로봉 꼭대기였다. 꼭대기에 옛날 법기보살(法起菩薩)이 수도도장(修道道場)을 설치하였는데 금강산의 주상봉(主上峰)이기 때문에 그 이름을 비로(毘盧)[1]라 지었다 한다.

---

1. 佛의 眞身의 존칭.

머리를 들어 동해를 바라보니 미수옹(眉叟翁: 許穆)이 이른바 "동해의 동쪽으로는 다시 동쪽이 없네"한 그대로였다.

毘盧峰 二首 · 1

毘盧第一地
天國自然開
靈峰千佛揖
滄海萬頃來
白雲生下界
層石護上臺
泡沫衆生世
俯看堪可哀

* 歷衆香城至永郎峰也淸幽水石富麗樹林足令人耳目俱悅而及至永郎毘盧兩洞交會之地如束立焉者霜峰雪嶂群彙萬千銀障玉屛簇擁左右石林之森列刻巧岩流之隱現衒奇可謂酬應不可而此洞之盡有岩壁當天乃毘盧峰城堞也自是手足幷行而登登梯路至上峰凡十里也雖千辛萬苦十生九死意謂此路窮處卽天帝寶座也岩又岩攀又攀至上頂乃毘盧頂也頂之上古法起菩薩設道場以金剛主上峰故錫其名曰毘盧擧首望東海眉叟翁所謂東海之東更無東者也

비로봉 · 2

비로봉	빼어나서	하늘 높이	솟았는데
걸음걸음	사다릿길	높은 데	올랐다네
창칼 깃발	벌어선 듯	봉우리	속을
해와 별과	은하수가	비춰 주는	가운데라
겹겹이	쌓인 돌은	산의 몸을	호위하고
끝없는	바람결에	바닷기운	밀려오네
알겠네	나의 전생	신선과	동류임을…
그렇지	않았다면	어찌 천궁	왔으리요

毘盧峰 二首 · 2

毘盧高出太虛空
步步登梯陟彼崇
槍劍旌旗羅列裏
日星雲漢照臨中
山身護立千重石
海氣騰來萬里風
認我前生仙子類
不然那得到天宮

▲ 금강산의 주봉인 비로봉

십이폭

구정봉	솟은 경이	병풍처럼	벌였는데
하늘에서	쏟는 물이	병풍 사이	폭포러니
멀리 보면	아닌 비에	무지개가	어쩐 일고
지형 따라	나뉘어져	열두 형상	이루었네

* 비로봉을 내려와서 칠보대(七寶臺)에 이르면 돌아오는 길이 점차로 평평하였다. 바라보면 구정봉(九井峰) 이하의 연봉(連峰)의 웅대함이 병풍을 펼쳐 놓은 것과 같았다. 하늘 위에서 떨어지는 것과 같은 수천 척이나 됨직한 길다란 폭포수가 열두 개의 큰 계단 모양을 이루고 있었으니 또한 일대장관이었다. 여지승람(輿地勝覽)에 이르기를 "불정대(佛頂臺)에 올라 바라보면 창애(蒼崖)와 취병(翠屏)이 그림 병풍과 같이 뺑 둘러 있고, 비천(飛泉)이 쏟아져 내리는 모양이 마치 백색의 무지개와도 같은 것이, 모두 열두 군데이므로 이름이 붙은 것"이라 한 것이 곧 여기인 것이다.

十二瀑

九井峰如列畵屏
屏間流瀑自天零
遙看未雨何虹氣
恁地分成十二形

* 下毘盧至七寶臺歸路漸平望九井峰以下連峰雄大若列屏焉如天上落來者數千尺長瀑作十二大段形亦一大壯觀輿地勝覽云登佛頂臺遙望蒼崖翠壁環列如畵屏飛泉瀉下形如白虹者凡十二處故名卽此地也

▲ 신금강 십이폭

효운동

짙은 숲은	햇볕으로	차마 뚫지	못하는데
이곳에	옛적 선경	갈무리	되어 있네
안팎 금강	이름난 산	흙과 돌로	구별됨이
농암의	끼친 글에	지금껏	전해 오네

*골짝에는 수목이 많아 하늘의 햇빛이 새지 못하였다. 웅대하고 유수(幽邃)한 산세(山勢)가 있는 곳마다 살이 두툼하였으니 이곳이 이른바 외금강산이다. 김농암(金農巖)의 기문에 이르기를 "내금강산은 돌이 많고 흙이 적으며, 외금강산은 흙이 많고 돌이 적다. 돌이 많으므로 하얗고 뾰죽하며, 흙이 많으므로 푸르고 웅장하다." 하였으니 실로 간단하게 내·외금강산의 구별을 밝혔다 할 수 있다.

曉雲洞

森林不使太陽穿
此地慳藏古洞天
內外名山分土石
農巖遺記至今傳

* 洞壑多樹木天日不洩雄大焉幽邃焉山勢所在肉厚此所謂外山也
金農巖記云內山多石而少土外山多土而少石多石故白而峭多土故
蒼而雄實簡明內外山所以分也

유점사 · 1

느릅나무	비낀 범종	어느 해에	달렸던가
쉰 세	불상에는	도기운이	청정했네
미륵봉	신령스레	천길 높이	솟아 있어
화강암을	깎아 무어	구층탑을	이루었네
월지사	끼친 일은	그때 사업	칭탄이요
사명대사	큰 자취로	공명을	세움이라
인중방을	비춰주는	아름다운	금벽 글자
능인보전	네 글자가	무엇보다	분명쿠나

楡岾寺 二首 · 1

何年楡樹梵鍾橫　五十三身道氣淸
彌勒神峰千丈立　花崗石塔九層成
月氏遺祠稱事業　泗溟偉蹟樹功名
照耀侈楣金碧字　能仁寶殿最分明

유점사 · 2

용천교	다 지나자	절집이	높았으니
동양에서	이 큰 절문	처음으로	지었다네
느릅나무	가지 위에	앉으신	쉰 세 부처
동녘으로	온 역사를	이제토록	전한다네

＊효운동(曉雲洞)으로부터는 모두 유점사(楡岾寺)의 경내이다. 산세가 느긋하고 지형이 평탄하여 자못 웅건하고 침중(沈重)한 맛이 있었다. 절을 유점사라 이름한 것은 옛날 인도의 사위성(舍衛城) 안에서 삼억 개의 불상을 만들었는데 그중에 가장 신령한 오십 삼 위의 불상이 종(鍾)으로 들어가 바다에 떴다. 그랬더니 신룡(神龍)이 등에 지고 월지국(月氏國)으로 갔다. 그 나라의 국왕은 궁전을 짓고 이를 공양하였다. 그러다가 홀연히 화변(火變)이 있었는데 불상들은 밖으로 뛰어나와 화를 모면하였다. 왕에게 현몽하여 "앞서 타고 온 종으로 가서 향해하기를 원한다" 하므로 그들의 원대로 다시 바다에 뜨게 하였다. 그랬더니 불종(佛鍾)은 바다를 건너 유점현(楡岾縣)에 도달하였다. 현관(縣官) 노춘(盧偆)이란 사람은 그 이야기를 듣고 가 보았더니 오십 삼 위의 불상들이 종을 느릅나무〔楡〕에 걸어 놓고 느릅나무 가지 위에 나란히 앉아 있었다. 그리하여 노춘이 바라보며 무수한 예를 올리었다. 그 후에 이런 일이 조정에 보고되어 이곳에 절을 세우게 되었으니 곧 신라 때 남해왕(南解王) 원년(元年: 서기 4년)이었으니 한(漢)나라 명제(明帝)의 영평(永平) 10년(서기67년)에 서역(西域)의 불법(佛法)이 처음으로 중국에 들어오기 육십 삼 년 전의 일이었다. 사찰의 경내에는 월지사(月氏祠)·노춘사(盧偆祠)·사명영당(泗溟影堂)이 있다.

楡岾寺 二首 · 2

龍川橋盡釋宮尊　首設東洋大寺門
五十三身楡上佛　東來歷史至今傳

＊自曉雲洞皆楡岾寺域內也山勢舒穩地形平夷頗有雄健沈重之氣味寺之以楡岾名者昔舍衛城中鑄三億家佛像而擇最靈者五十三佛入于鍾而浮於海神龍負之月氏國國王建殿而供養之忽有火變而佛像則出外而免見夢於王願如前鍾而浮海云云故依其願更泛于海佛

鍾渡海而至楡岾縣官盧俑聞而往見則五十三佛掛鍾于楡列坐于楡
枝上俑無數瞻禮後聞于朝立寺于此卽南鮮王元年漢明帝永平十年
西域佛法始通中國前六十三年也寺內有月氏祠盧俑祠泗溟影堂

▲ 신금강 유점사

만경동

한 구역	지나가면	또 한 구역	돌아오니
오만가지	묘한 경치	번갈아	새롭구려
더러는	꾸며 놓은	아담한	집뜰 같고
문득 뵈는	물줄기는	비단을	마름한 듯
호로병	마개한 듯	깊숙한	동굴이요
태을암	높은 바위	백척 높은	돈대로세
바라보기	더 좋은 곳	선암의	위이러니
온갖 골짝	물든 단풍	한눈 드니	들어오네

*유점사에서 만경동(萬景洞)에 이르렀다. 여기에서부터는 산세가 험준하고 굴절이 심하여 한 구역(區域)마다 또 다른 한 경치가 펼쳐지는데 마치 주마등(走馬燈)이 바뀌는 모양 같다. 그 취향과 정경이 만나는 곳에 따라 같지 않으므로 만경동이라 한다.

萬景洞

一局將窮一局廻
萬千奇絶換新開
或如雅趣庭園設
忽見纖流正練裁
葫蘆瓶鎖千重窟
太乙岩高百尺臺
最宜眺望船菴上
萬壑楓粧一眼擡

* 自楡岾寺至萬景洞自是山勢急峻曲折頻數一局又一景若走馬燈
轉換樣趣味情感隨遇而不同故曰萬景洞

▲ 김응환의 금강산 화첩 중 만물초(1788년)

송림사 옛터

옛날	어느 해에	송림사가	없어졌나
기월	선사도	간 곳이	묘연쿠나
그래도	원통암	아랫 굴이	남아 있어
관음보살	불상만이	지난 인연	이어오네

*행하여 만상동(萬象洞)에 도달하면 송림사(松林寺)의 옛터가 있다. 이 절은 신라 때의 고찰(古刹)인데 담장 안에 십이폭포의 경취가 있었으니 이는 금강산 절경(絶景) 중의 일부분이었다. 옛날에 기월 선사(箕月禪師)란 중이 이 절을 재건하려고 조정의 보호와 관가의 도움을 받아 실시하는데 고성(高城)의 주민들이 그 역사(役事)를 싫어하여 드디어 방해하였다. 현재 절은 없어지고 조밭(栗田)이 되어 있으나 밭의 동쪽으로 조금 떨어진 곳에는 원통암(圓通庵)이라는 암자가 있고 그 암자 밑에는 송림굴이라는 굴이 있고 그 굴에는 관음상이 있었다.

松林寺古墟

松林寺廢昔何年
箕月禪師去杳然
猶有圓通岩下窟
觀音菩薩續前綠

*行至萬象洞有松林寺古墟寺本羅代古刹而垣內有十二瀑景趣此金剛山中一部分奇絶處也昔箕月禪師欲修復此寺賴朝護官庇而施設焉高城民戶厭其役遂害之云今寺廢而粟田田之東北一弓地有圓通菴菴下有松窟窟有觀音像

성문동

정토에는	티끌 싫어	뭇봉우리	모아논 듯
빼어난	이곳이야	하늘이	봉함일레
층층마다	굽이마다	물소리	들리는 곳
개인 날도	우뢰소리	흰 용이	싸움하네

*만상동에는 만상봉·노장봉·백전봉·대장봉·일월봉들이 높직하게 첩첩으로 줄지어 있었다. 그러한 가운데 인적이 드문 그윽한 골짝과 벌목한 적이 없는 깊은 숲속에는 맑은 시냇물과 하얀 돌, 매어 달린 폭포수와 맑고 맑은 못물이 독특하게 배치되어 있었다. 다만 행로가 험난하며 식사나 휴식이 불편하므로 사람들 중에는 잊고 빠뜨리는 이가 많다.

이 지역은 금강산 중의 은군자(隱君子)인 셈이다. 그 구비구비 층층마다 형형 색색인 중에도 백룡(白龍)이 춤을 추고, 창룡(蒼龍)이 성내어 외치는 것만 같다. 천고(天鼓)[1]가 때때로 울면 개인 날인데도 갑자기 천둥이 친다. 기절(奇絶)하고 장절(壯絶)하여 눈이 휘둥그레질 정도로 놀랍다. 그리하여 사람으로 하여금 얼른 응접할 수 없게끔 하는 것이 곧 성문동(聲聞洞)이다.

聲聞洞

淨土嫌塵聚衆峰
太奇勝處別天封
層層曲曲聲聞處
盡日晴雷鬪白龍

*萬象洞中有萬象峰老丈峰栢田峰大將峯日月峰等峻疊連亘中人跡罕到之幽谷斧斤不入之深林淸溪白石懸瀑澄潭特絶排置但行路

---

1. 여기에서는 산골짝에서 나는 자연의 소리인 듯함.

崎險食息難便故人多忘逸此區卽金剛山中隱君子也其曲曲層層形
形色色中若舞白龍吼蒼龍天鼓時鳴晴雷忽作奇絶壯絶瞠然駭然令
人應接不暇者卽聲聞洞也

발연

둥근 돌	한가운데	절로 파인	사발 모양
조화로운	모양새가	공바치의	솜씨 같네
금강산을	적셔 주는	끝없는	이 물길은
드디어	법해되어	도원으로	통한다네

* 송림굴에서 물을 따라 동쪽으로 향하다가 북쪽으로 면하여 효양령(孝養嶺)을 넘어 바라보면 바다 빛깔이 공중에 잇닿아 아주 가슴속이 시원함을 깨닫게 된다. 다시 내려와 임천(林泉)과 바위 언덕길을 걸어오면 얼마 안 되는 곳에 빼어나게 웅장하고 아래로는 밝고 맑은 물을 이루고 있는데 구름과 나무의 그림자들이 황홀하게 비치어 어느 것이나 별천지를 이루고 있었으니 이것이 이른 바 관장동(觀壯洞)이다. 돌·벼랑·언덕이 양쪽 가으로 싸고 돌아 문틀과도 같았다. 물이 웅덩이에서 넘쳐 흐르고 아래에는 물을 받는 석함(石函)이 있어 네 개의 사발 모양을 이루고 있는데 둥글고 깨끗하며 기기 묘묘하여 아주 사발과 닮아 있었으니 이를 발연(鉢淵)이라 한다.

鉢淵

天成盂鉢石團中
造化模形若爾工
沃得金剛無限水
遂成法海道源通

* 自松林窟隨水而東向北面蹻孝養嶺望見海色連空頓覺胸衿爽澗
更下步林泉岩崖而未數弓許瀑布壯絶下成澄潭雲影樹色怳惚輝光
便成別乾坤此所謂觀壯洞也石崖兩邊回抱若門楣焉水盈科而溢下
有受水石函做成四個鉢盂團圓而淨潔奇妙而酷肖是之謂鉢淵也

발연사

관동의	풍악산에	발연이란	절 이름은
그 옛날	오원의	일기에	담겨 있네
절 주인	영잠이	이승을	떠난 곳에
쌍소나무	돋아나서	죽살이를	거듭하네

*이 절은 옛날 백제 때 진표율사(眞表律師)가 창건한 것으로서 매우 웅장 화려하여 금강산에서는 자못 유명하였었는데 폐사된 지 오래 되었으며 다만 절의 문앞에 무지개 돌다리만이 남아 있어 참고거리가 될 뿐이었다. 오원(吳援)[1]의 일기에 이르기를 "관동의 풍악(楓嶽)에 있는 발연사(鉢淵寺)의 사주(寺主)인 영잠(瑩岑)이 죽을 때에 동쪽의 큰 바위 위에 올라가 제자들에게 죽음을 보이는데, 진체(眞體)를 움직이지 않고 공양을 올리다가 해골이 흩어져 떨어지기에 이르렀으므로 이에 흙으로 묻어 무덤으로 삼았다. 그랬더니 푸른 소나무가 즉시로 나서 세월이 오래 되어 말라 죽고, 나무 하나가 다시 났으니 그 뿌리는 하나였다. 지금까지도 쌍송(雙松)이 있어 여러 차례에 걸쳐 말라 죽었다 살아났다 하고 있는데, 그 돈대 이름을 영고대(榮枯臺)"라 한다.

鉢淵寺

關東楓嶽鉢淵名
往昔吳瑗日記成
寺主瑩岑身化地
雙松猶見屢枯榮

*寺古百濟眞表律師所創建而甚宏麗頗有名於金剛廢已久只有寺門前虹霓石橋爲參考品而已吳瑗日記云關東楓嶽鉢淵寺寺主瑩岑儼

---

1. 호는 月谷, 영조 때의 사람.

化時登於東大岩上示滅弟子等不動眞體而供養至於骸骨散落於是
以土覆藏乃爲幽宮有靑松卽出歲月久而枯復生一樹其根一也至今
有雙松屢枯屢榮名其臺曰榮枯臺

▲ 김응환의 금강산화첩 중 하발연 (1788년)

마의태자릉

신라 왕기	다하여	어두워	사라질 제
태자의	붉은 마음	나라 다시	이루려고
바란 원군	이르잖아	봉 위에서	한탄터니
텅 빈 산	무덤 가엔	풀만 우거	고요하네

麻衣太子陵

新羅王氣黯然消
太子丹心復國朝
望軍未至峰上恨
宿草空山事寂寥

봉래도

하얀 돌	맑은 못물	나위없이	맑았구려
선인들	놀았다던	삼청계가	여긴가봐
양 봉래	떠나가고	새김글만	남았으니
티끌 세상	벗어난 듯	어찌나	맑은지고

* 포음(圃陰 金昌緝)의 동유기(東遊記)에 "큰 반석이 백여 보에 뻗쳐 있고 넓이는 수십 보가 됨직하다. 빛깔이 맑고 희며, 아래로 내려올수록 경사가 급해지고, 가운데가 움푹 패어 도랑이 나고, 시냇물이 흘러내려 돌 밑으로 다 내려가서는 못이 되는데 지극히 깨끗하였다." 내가 폭포 위에 도달하니 어떤 중이 갑자기 옷을 벗고 앉아서 폭포수를 따라 미끄럼을 타 내리는데 그 빠름이 화살과 같았으며, 큰 못에 이르러서는 조그만 돌 웅덩이에 올라와 멈추었다. 이와 같은 일을 여러 차례에 걸쳐 반복하였으나 돌 표면이 매끈매끈하므로 아무런 상처도 나지 않았으니, 관람객들에게 웃음거리를 만들어 주는 곳은 곧 이곳이었다. 또 그 길을 따라 올라가면 반석은 백옥과 같고 맑은 못물은 유리와 같았다. 위 아래를 둘러보니 청려(淸麗)하고 소광(昭曠)함이야말로 결코 이 세상의 물건은 아니었으니 헤아리건대 신선이 노는 삼청계(三淸界:玉淸·上淸·太淸)인 것이다. 풀 포기, 모래알 하나하나가 범상치 아니하여 기이한 정취와 절묘한 경관이 야말로 곳곳마다 극치라 할 수 있었다.

아! 사람의 이목(耳目)은 같은 것이다. 세상의 사환(仕宦)에 대한 욕망이 마음에 끓고 있는 것이 마치 불두분(佛頭糞)과도 같은 성명(姓名)들을 수도 없이 각자하고 있으니 동령인들 어찌 좋아하겠는가. 절반 이상이 폭포수에 갈리어 마멸(磨滅)되어 있었다. 또 소나무와 단풍나무가 잡생(雜生)한 곳에 석대(石臺) 하나가 있는데 몇 줄을 독특하게 각자하기를 「朝玄圃, 暮蓬萊, 明月鉢淵寺, 淸風桂樹臺, 俯臨東海揖麻姑, 六六壺天歸去來」[1]

---

1. 아침에는 신선이 사는 현포(玄圃)에 있다가/저녁에는 봉래산에 왔네/밝은 달이 비치는 발연사이고/맑은 바람 불어온 계수대이네/동해를 굽어보며 마고선녀(麻姑仙女) 맞이하니/삼십육천 별천지에 돌아가노라.

라 하였으니 이는 양봉래(楊蓬萊:士彦)가 써서 새긴 것이었다. 좌측의 네 모진 바위에 蓬萊島(봉래도)라는 세 글자를 크게 써서 각자하였는데 필세(筆勢)가 비등(飛騰)하였으며 그 심각(深刻)이야말로 석면(石面)과 더불어 똑같은 수명을 유지하게 될 것이다.

蓬萊島

白石澄潭盡意清
仙人遊處是三清
楊蓬萊去多題刻
脫得塵綠奈爾清

* 圖陰東遊記有大盤石連亘百餘步廣可數十步色甚瑩白向下勢甚傾側中陷爲溝溪水通焉畢下石爲潭極爲奇麗余至瀑上有僧忽脫衣坐馳與瀑俱下其疾如箭至大潭上小石泓而止如是者屢而石體圓滑故終無所傷所以供客觀笑卽此處也又從而上盤石如白玉澄潭如玻瓈顧而上下清麗昭曠決非塵世物料是仙遊之三清界也寸草粒沙個個不凡奇趣妙觀處處可極噫人之耳自皆同世之宦慾熱中之如佛頭糞底姓名亦刻之無數洞靈豈肯悅之强半爲瀑水之磨泐又有松檜雜生處有一石臺特刻數行曰朝玄圃暮蓬萊明月鉢淵寺清風桂樹臺俯臨東海揖麻姑六六壺天歸去來此楊蓬萊題刻也左邊方岩大書刻蓬萊島三字筆勢飛騰其深刻幾乎與石面同壽命也

신계사

신계의	시냇물이	한 구역을	이룬 이곳
연어를	물리쳤단	불도의 뜻	청정하네
군선협이	끝난 곳엔	병풍을	둘러친 듯
문필봉	높이 솟아	안산 대해	밝아 있네
보운법사	일찌기	도를 닦아	깨달았고
용선전엔	장헌세자	혼령을	보호하네
법당 앞에	자리하온	옛스러운	오층 탑은
신라적	풍류 운치	이제토록	풍겨주네.

*이 절은 외금강(外金剛)의 대찰(大刹)인데 4대 사찰 중의 하나이다. 일찌기 보운조사(普雲祖師)가 여기에서 도(道)를 깨달았는데 동해의 용왕에게 간청하여 연어가 노는 구역을 제한함으로써 어부들이 사찰의 구역으로 들어오지 못하도록 하였다 한다. 구역의 좌우로 문필봉(文筆峰)·세존봉(世尊峰)·군선협(群仙峽)·한하협(寒霞峽)이 있다. 장헌세자(莊獻世子: 思悼世子)의 원당인 용선전(龍船殿)이 있고 법당 앞에는 오층 고탑(古塔)이 있어 신라시대의 풍운이 아직도 남아 있었으니 이는 금강산에 있는 고탑 중의 하나이다.

神溪寺

神溪溪水一區成　退却鰱魚梵意淸
群仙峽盡環屛立　文筆峰高對案明
普雲法釋曾修道　莊獻龍船尙護靈
古法堂前層五塔　新羅風韻抵今生

*寺卽外金剛大利而四大寺中一也曾有普雲祖師悟道于此懇求於東
海龍王制限鱗魚游區使漁父不敢入於寺域域之左右有文筆峰世尊
峰群仙寒霞等峽有莊獻世子願堂龍船殿法堂前有五層古塔羅代風
韻尙存此金剛古塔之一也

▲ 외금강 신계사

동석동

옥병풍	연꽃 일산	첩첩한	그 사이를
나무넝쿨	휘어잡고	더위어	올라오니
시끄러운	골짝물은	많이 듣던	옛소리요
넓은 바다	바라드니	산은 우뚝	달라지네
하늘 위에	온듯하니	지팡이 신	마땅하고
뜰에 앉음	같다지만	산과 바다	다하였네
언제나	이 큰 돌을	번쩍 들어	움직일 듯
하늘 땅의	신묘함은	돌고 돎에	말미암네

＊신계사(神溪寺)에서 대략 칠·팔 마장쯤 올라가면 곧 동석동이다. 무수한 산봉우리가 백옥으로 만든 울타리 같기도 하고 연꽃 모양의 일산(日傘) 같기도 한데 이것이 북부 금강산의 전경이고, 멀리 바라보면 운연(雲烟)이 널리 깔리어 시력이 끝닿는 곳이 고성(高城) 등지의 푸른 바다이다. 동석동(動石洞)이라고 하는 것은 수십 칸이 됨직한 반석 위에 높이가 한 길 남짓하고 둘레가 사오십 뼘쯤 되는 큰 돌이 흔들흔들하며 움직여졌으니 동명이 전하게 된 연유이다. 김석릉(金石菱:昌熙)의 풍악기(楓嶽記)에 「금강산은 온통 여러 가지 미석(美石)을 다 갖추고 있으나 제일 잘된 곳은 동석동이다」한 것이 그것이다.

動石洞

玉屛芙蓋萬重間　喬木藤蘿手手攀
溪澗喧聆多舊聞　滄溟入望幻新顏
來如天上宜笻屐　坐若庭園盡海山
依然巨石掀成動　造化神機轉運關

* 自神溪寺晷七八里上則卽動石洞也無數峰巒若自玉笆籬芙蓉美盖者是北部金剛全景而望見雲烟萬頃目力可窮者高城等地碧海也動石洞云者可數十間盤石上有丈餘高四五十圍巨石搖搖可動此洞名之所由傳也金石菱楓嶽記金剛一山具衆美石而大成者動石洞云是也

보광암

솟은 봉	기이하여	모양도	활과 같이
한 암자	그 속에서	속세과정	끊고있네
바랑 멘	늙은인 듯	바윗돌	너이기에
어느 해에	석장 짚고	화석이	되었는가

* 신계사에서 시냇가로 난 소로를 따라 서쪽 돌의 변두리로 올라가면 보광암이다. 암자에 앉아서 바라보면 위로부터 관음봉(觀音峰)·세존봉(世尊峰)·채하봉(彩霞峰)·집선봉(集仙峰) 등 제봉들이 사방으로 둘러싸여 활과 같은 모양이 되어 있는데 기이할 만큼 뾰죽뾰죽하고 절묘하게도 높직하여 여러 갈래로 중첩하여 있기 때문에 사람의 정신이 날 듯하는 황홀함이야말로 자신을 잊게 한다. 암자의 변두리에 노장암(老丈岩)이 있는데 발낭(鉢囊)을 메고 서서 걸어오는 모양과 비슷하여 또한 신기한 구경거리였다.

普光菴

奇峰竦立似弧形
中有孤菴絶俗情
老丈鉢囊岩石爾
何年飛錫化而成

* 自神溪寺從溪邊小路向西石邊上則普光菴也坐菴而眺望則上自觀音世尊彩霞集仙諸峰四環作弧形奇尖妙兀重疊多端令人精神飛越怳惚忘我菴邊有老丈岩恰如荷鉢囊立來樣亦奇觀也

외금강문

금강산	밝은 끝에	문 하나가	또 있는데
앙지대라	이름 쓴	석대가	높직하다
사람이	굴을 따라	돌고 도는	그 모습은
아홉굽이	구슬 구멍	빠져나는	개미떼라

* 군선협(群仙峽)에서 오선암(五仙岩)을 거쳐 신계천(神溪川)을 건너면 커다란 바위 하나가 있는데 일엄대(一嚴臺)라고 새긴 자(字)가 있다. 서쪽에는 삼성암(三聖菴)이 있고 구성동(九成洞) 남쪽에는 신선대(神仙臺)와 옥녀봉(玉女峰)이 있는데 다만 봉우리나 골짝이 아름다울 뿐 아니라 식물로서 전나무·잣나무·소나무·매화나무 같은 것이 울창하게 어울린 중에 양쪽의 협곡에서 울부짖는 것은 우뢰같은 물소리이고 사방에 깎아 세운 듯이 모가 나는 것은 창과 같은 돌이었다. 이것은 외금강의 무시무시한 색채이거니와 장쾌한 중에도 신비하고 엄숙한 기분이 있어 티끌만한 이 세상의 속기(俗氣)가 범접하는 것을 용납하지 않았다.

옥류동(玉流洞)에 도달하면 하류 쪽에 한조각의 돈대가 있는데 앙지대(仰止臺)라 새겨져 있었다. 신락전(申樂全)의 금강기(金剛記)에 이르기를 "비로봉과 구정봉의 물이 합류하여 구룡연(九龍淵)이 되는데 동네가 아주 깊숙하고 돌길이 끊어졌다 이어졌다 한다. 돌 언덕을 기어오르고 나무 가지를 휘어잡으며 수십 리를 가면 절벽에 돌 웅덩이가 있는데 구층으로 흘러내리는 수렴(水簾)이[1] 기이하고 장엄하다. 그 속에는 신통한 능력을 소유한 물건이 있어 비바람을 일으키는데 사람이 잘 접근하지 못한다. 그 아래가 신계동(新溪洞)인데 수석(水石)이 절승(絶勝)하고 봉만이 수려하여 생긴 모양이 사람이나 도깨비 같기도 하고 날짐승이나 길짐승 같기도 하다. 아래에는 동석암(動石庵)이 있고 신계사는 이제 폐지되었다. 양봉래(楊蓬萊)가 일찍이 초가집을 짓고 살았던 터가 있었고 동네의 어귀에는 천 길이나 깎아 세운 듯한 바위가 색장(塞墻)과도 같았다. 물이 돌의 이음새에서 나오므로 색장이라 하는데 사람이 통과할 수 없다." 하였으니 이

---

1. 폭포수의 흐르는 모양이 발과 같음.

것은 금강산이 통하기 전의 일이고 지금은 돌 구멍이 있어, 사람들이 그 구멍으로 나오기를 마치 아홉 구비로 뚫린 구슬 구멍을 개미가 빠져 나가는 것처럼 하고 있으니 이것이 이른바 외금강문(外金剛門)이다.

外金剛門

踏盡金剛又一門
署名仰止石臺尊
人從壁穴回回樣
九曲珠空出蟻群

* 自群仙峽歷五仙岩渡神溪川有一巨岩刻一广臺西有三聖菴九成洞南有神仙臺玉女峰非但峰壑之美植物檜柏松梋之屬交難蔥鬱中怒吼兩峽者轟轟水雷也削立四方者稜稜石戟此外金剛威嚇的色彩而壯快中有神嚴之意不可使塵俗氣纖芥犯也至玉流洞下流有一片臺題刻仰止臺申樂全金剛記云毘盧九井峰之水合流爲九龍淵洞天幽絶迤路斷續攀崖援木而行者數十里絶壁有石臼九層水簾奇壯其中有神物能作雲雨人不能近其下爲新溪洞水石絶勝峰巒秀麗狀如人鬼禽獸下有動石菴新溪寺今廢楊蓬萊嘗結茅而有基洞門有岩削立千仞如塞墻水從石縫間流出故曰塞墻人不可通此金剛門未通前事也今有石竇人從而出如九曲珠孔出蟻樣是所謂外金剛門也

옥류동

물 맑고	우뚝한 산	돌수록	아름답다
빛깔, 맵시	소리, 모습	오만 가지	기이하네
천화대에	남은 글로	돌이켜	생각하니
최고운이	끼친 자취	아득도	하여지네

*시내를 따라 숲속을 거쳐 잠시 가노라면 봉악(峰嶽)들이 마치 해와 달이 서로 바라보듯 하여 명랑하고 화려한 동네를 만들고 있다. 바위 언덕의 쇠줄을 이용하여 가노라면 이르는 곳마다 기묘하고 웅장하며 소랑(昭朗)하고 화려하여 정말로 하나의 화장세계(華藏世界)였다. 모가 난 돌덩이뿐으로서 토양은 없었으나 어쩌다가 한 줌의 흙이라도 있으면 소나무·전나무·단풍나무·잣나무 등의 나무가 점철되어 그늘을 이루고 있었다. 동네 밖으로 솟아 있는 뭇 봉우리들이야말로 바라볼라치면 하얀 연꽃을 공중에 뿌려 놓은 것 같았다. 백석담(白石潭) 위에 천화대(天花臺)가 있고 그 대의 위에는 고금 인사들의 제명(題名)이 많았는데 그 중에는 최고운(崔孤雲 : 致遠)의 제명도 있다.

玉流洞

清流絶峙轉佳麗
色態聲容萬萬奇
記憶天花臺上字
孤雲往蹟已多時

* 沿溪而左從樹林中暫行則峰嶽如日月相望作朗麗洞天岩崖用鐵索攀行所到奇妙雄壯昭朗華麗眞一部華藏世界也稜稜石塊無土壤而間有一掬土則松檜楓栢等木點綴成陰洞外群峰望若白蓮花撒布中空白石潭上有天花臺臺上多古今人題名其中有崔孤雲題名也

▲ 외금강 옥류동, 연주담

풍협

풍협으로	찾아드니	단풍숲이	모두로고
이곳에서	사는 이는	경치를	깊이 아네
화류가에	노니는	미인과	젊은이들
취하여	찾아오니	가을만	깊어가네

楓峽

行尋楓峽盡楓林
楓峽之人識景深
軟土繁華年少者
醉來紅國亦秋深

구룡연 · 1

만길 바위	쏟는 물길	구룡이	싸우는 듯
천둥 치고	비내리듯	언제나	소리치네
개벽하고	어느 해에	저 모양을	이뤘는고
사람들	여기 와선	발걸음을	멈춘다네

* 군선협(群仙峽)에서 구룡연(九龍淵)까지는 대체로 삼십 리의 긴 골짝인데 여기에 이르면 골짝은 다 되고 돌의 형세가 한자리의 동천(洞天)을 이루고 있다. 이 못을 구룡연이라고 하는 것은 유점사의 구룡(九龍)이 부처님에게 쫓겨 나와 이 못에서 살게 되었기 때문이라 한다. 못의 네 면이 모두 돌로 된 함과 같고 위에서 비로봉과 구정봉의 물들이 합류하여 폭포를 이루고 있는데 상부에는 千丈白練萬斛眞珠1라든가 雷轟萬壑氣呑滄溟2라는 등의 문구가 각자되어 있었으니 참으로 사실 그대로의 말들이었다. 최육당(崔六堂; 南善)이 이른 바 "구룡폭포는 금강산에서 제일일뿐 아니라 조선에서 제일이요 나아가서는 동양에서도 제일이다"라고 한 그대로였다.

九龍淵 二首 · 1

萬丈岩流鬪九龍
長時雷雨未從容
開闢何年成這樣
世人無不此停節

---

1. 천길이나 됨직한 하얗고 기다란 비단을 걸어 놓은 것 같고 만 섬이나 됨직한 많은 진주 알을 쏟는 것 같다는 뜻.
2. 폭포수 소리로 인하여 여러 골짝에서 우뢰가 치는 것 같고 그 폭포수가 쏟아지는 기세는 바다라도 삼킬 듯하다는 뜻.

＊自群仙峽至九龍淵凡三十里長谷至是谷盡而石勢作一區洞天淵
之稱九龍楡岾寺九龍爲佛神所逐圖生於此淵云也淵之四面皆石以
爲函上自毘盧九井之水合流成瀑而上面題刻千丈白練萬斛眞珠雷
轟萬壑氣吞滄溟等句眞實際語也崔六堂所謂九龍淵瀑不啻金剛第
一朝鮮第一乃至東洋第一云者也

구룡연 · 2

여와씨　　　하늘 기운　　묵은 돌로　　펼친 골짝
구정 · 비로　두 봉에서　　온골 물　　　모여드니
수 없이　　　치는 천둥　　맑은 날이　　시끄럽네
구룡연에　　　영한 기운　　오색 구름　　감돈다네

九龍淵 二首 · 2

媧天老石一區開
九鼎毘盧衆水來
無數雷霆喧白日
九龍靈氣五雲廻

▲ 외금강 구룡연.

앙지대

영봉들이	에워 둘러	앞뒤로	펼쳤는데
찾는 이를	위하여서	앙지대가	된 듯하네
조금 전엔	노는 신선	서로 절함	같더니만
다시 보니	바라는 양	높고 낮게	마름했네

仰止臺

靈峰圍匝後前開
爲設來人仰止臺
俄者遊仙相揖讓
更看望像岬岩裁

▲ 외금강 구룡계

상팔담·1

물찾아	올라오니	만길 높은	산이로고
팔담이	어디메냐	이 또한	높은 산을
팔선녀	떠난 뒤에	어느 속인	목욕한고
물도 차서	그대로고	산도 절로	그대로네

＊여기에서부터 구정봉의 협곡을 올라가는데 바위 따라 나무를 움켜잡으면서 험난한 길을 약 다섯 마장쯤 가면 암벽이 성첩(城堞)과 같았으니 이것이 구룡대이다. 구정봉으로부터 비로봉에 이르기까지 수십 리나 되는 길다란 골짝에 겹겹으로 솟은 봉우리들이 첩첩으로 가로막아 견아상착(犬牙相錯)[1]하고 백옥 같은 돌과 유리 같은 물들이 갈수록 활 모양으로 되어 곳곳마다 못을 이루고 있는데 대략 이름을 열거하자면 팔담(八潭)이라고 하니, 그것은 내금강산의 팔담과 서로 안팎을 이루려는 데서이다.

上八潭 二首

尋水登來萬丈山
八潭何處是高山
八仙女去誰浴俗
水自盈盈山自山

＊自是而上九井峰峽谷中綠岩攀木險路中約五里頃岩壁若城堞此九龍臺也自九井峰至毘盧峰數十里長谷重巒疊障犬牙相錯白玉石玻瓈流轉作弧形隨處成潭畧擧名曰八潭云者與內山八潭相表裡也

---

1. 지형이 개이빨처럼 들쑥날쑥 맞물린 모양.

상팔담 · 2

기어오른	오마장길	위험도	하네
바위 사이	기절한 게	활모양이	되었는데
하늘 땅이	아껴오다	마침내	드러내어
사람들이	앞다투어	팔담이라	이름하네

上八潭 二首 · 2

匍匐危行五里程
岩流奇絶轉弧形
天地慳藏終不秘
世人爭道八潭名

비파담

용솟는 물	맑은 소리	수정처럼	뽑는 가락
어느 때에	선녀가	묘한 가락	전함인가
이 한밤	달빛 아래	그 누가	들어주리
위에 있는	영봉에	신선이	모인다네

琵琶潭

冷冷沸出水晶絃
玉女何年妙曲傳
寥寥夜月誰相聽
上有靈峰是集仙

옥녀세두분

선녀 내려	떡감은 일	어느 옛날	해이던가
사슴 쫓던	사냥꾼과	인연도	우연했지
얽힌 일	싫어하여	떠나버린	깃옷선녀
새벽녘에	두레박질	머리 감을	물 길었네

*산비탈 길 하나를 넘으면 둥글넓적한 아름다운 돌이 있는데 천연적으로 된 절구통 모양에 맑고 시원한 물이 가득 차 있었으니 이것이 세두분(洗頭盆)[1]이다. 옛날 이야기에 이르기를 "팔선녀가 여덟 개의 못으로 내려와 목욕할 때에 우인(虞人)[2] 한 사람이 사슴을 매우 다급하게 몰았다. 사슴은 그 사람을 돌아보며 말하기를 "당신이 나를 살려 준다면 나는 당신을 선녀한테 중매를 해주겠소" 하였다. 사냥꾼은 그를 승락하고 선녀들이 목욕하는 곳으로 갔다. 팔선녀들이 제각기 하나의 못에서 목욕을 하는데 우의(羽衣)를 벗어 나무에 걸어 놓고 있었다. 그리하여 사냥꾼은 사슴이 일러준 대로 우의 하나를 몰래 훔쳐서 숲속에 숨겨 놓고 가만히 엿보았다. 선녀들은 목욕을 다 하고 나서 우의를 풀러다가 입고 날아 가는데 어떤 선녀 하나는 울기만 하고 떠나지 못하였다. 사냥꾼은 즉시로 다가가서 유인하기를 '너는 하늘로 올라갈 수가 없게 되었으니 나와 부부간 되는 것이 좋겠다' 하여 억지로 데리고 집으로 돌아와 장가를 들고 아들 딸을 낳으면서 살림을 하였다. 그런데 하루는 선녀가 감추어 둔 우의를 보자 즉시로 입고 날아가 버렸다. 사냥꾼은 갑자기 사랑하는 아내를 잃게 되자 울부짖으면서 원통해 하였으나 소용이 없었다. 그리하여 사슴을 찾아가 다시 만날 길을 가르쳐 달라고 애걸하였더니 사슴은 말하기를 '선녀들이 그후부터는 내려와서 목욕을 하는 것이 아니라 매일밤 새벽이 되면 물을 길어다가 씻고 있으니 새벽을 기다렸다가 찾아가서 그 두레박 줄을 잡고 올라가면 만날 수 있을 법하다' 하였다. 그리하여 사냥꾼은 그 말대로 하

---

1. 머리를 감는 물동이.
2. 고대 중국에서 山林 沼澤 등의 관리를 맡던 관원. 여기에서는 사냥꾼이란 뜻으로 쓴 듯함.

여 올라가서 하늘 위의 좋은 사위가 되었다"하니 이것이 이른 바 우의설
화(羽衣說話)이다.

玉女洗頭盆

仙娥降浴昔何年
逐鹿虞人偶有緣
一去羽衣憎俗累
淸晨綆汲洗頭泉

＊越一磴有團圓美石天成杵臼樣盈盈貯淸冷水是洗頭盆古語云八
仙女降浴八潭之時有虞人逐鹿甚急鹿顧謂人曰爾活我則我將媒爾
於仙女虞人許諾之仙女浴處八仙女各浴一潭脫羽衣掛樹乃暗盜一
羽衣掩匿之俟于林中潛見仙女等浴盡而解羽衣飛去有一仙女泣而
不去虞人卽往誘之曰汝旣未上天與我爲夫婦可也强率而歸家娶焉
生子女産業矣一日見所藏羽衣卽衣而飛去虞人遽失所愛號恨不及
往尋鹿而哀乞重逢之道則鹿云仙女等自厥後不降浴每夜淸晨汲而
洗之待晨而往執其綆而上則庶可逢也虞人如其言而上爲天上佳婿
云此所謂羽衣說話也

온정리 · 1

명산 속에	시가 열려	별다른	세상이니
이 광경	구경하러	세상 사람	찾아드네
이곳 저곳	사방에서	다투어	모여드니
여관집	주인네도	괴롭다	쉴새없네

*신계사(神溪寺)에서 온정(溫井)까지는 십 리 길이다. 극락현(極樂峴)을 넘어 관음봉(觀音峰)과 문필봉(文筆峰) 두 곳을 지나 목정이로 내려오면 길이 그다지 험난하지 않다. 지나는 곳에 유마암(維摩庵)이 있고 또 조그만 고개 하나를 넘으면 돌 우물에 감로수가 있는데 지나는 사람들로서 그 물을 마시지 않는 사람이 없었다.

온정리에 이르렀다. 이곳은 산과 바다를 탐승(探勝)하는 관광객들을 송영(送迎)하는 도시이다. 또 온정(溫井 : 溫泉)이 있는데 "병을 치료한 사람이 많다" 하므로 무려 백천인(百千人)이 폭주하여 한꺼번에 찾아듦으로 집집마다 여관이라 할 수 있었다.

溫井里 二首 · 1

名山開市別人間
爲是名山世競還
南北東西爭輻湊
車天舘主苦無閒

* 自神溪寺至溫井十里也踰極樂峴過觀音文筆兩峰下項則路不甚難所過有維摩庵又踰一小峴有石井甘露水過人莫不飮其水焉至溫井里此山海探勝客迎送都會地也又有溫井人多療病云故無慮百千人輻湊幷臻可謂家家旅舘也

온정리 · 2

모여든	신사 숙녀	바다와 산	찾아드니
객관의	살림살이	한가함이	바이 없네
여기엔	이름난	온천수	있었기에
모두들	물맞고	병 고쳤다	말을 하네

溫井里 二首 · 2

東南士女海山還
旅舘生涯不暫閒
又有有名溫井水
云云療病萬人間

온정리에서 육화암까지

울렁이는	수렛길로	육화암에	다가가니
바위 위에	얽은 정자	처마에는	구름 도네
이제사	산길에는	타고 갈길	바이 없고
어려운	시냇길엔	단장 하나	뿐이라네

自溫井里至六花巖

轟轟車迫六花岩
岩上搆亭雲以簷
自是山行無代步
萬難溪路一筇尖

▲ 외금강 온정리 전경

한하계

관음봉	씩씩하고	오봉 또한	기이한데
그 사이	하계따라	돌아드는	마딘 길이
장사치와	구경꾼이	오가는	곳이기에
들 정취	산의 정감	아울러	다한 때라
삼일포엔	고기잡이	노 저어	돌아들고
육화암엔	옛사람	비 새겨	섰네
동네 이름	천불이란	무슨 뜻을	지녔는가
옥설과	같은 누대	곳곳마다	의아하네

＊온정리에서 서쪽으로 바라보면 온정령(溫井嶺) 길이 관음봉과 오봉(五峰) 사이로 통한다. 대체로 삼십 리 거리의 기다란 골짝이 곧 한하계(寒霞溪)이다. 좌측은 관음봉, 우측은 오봉이 웅장하고 널찍한 중에도 깨끗한 데가 있었다. 하교(霞橋)를 건넜다. 이곳은 온정천(溫井川)의 하류인데 수정봉(水晶峰)을 지나면 그 아래에 큰 길이 있어 고성(高城)과 회양(淮陽) 등지로 통한다. 산골의 산물(産物)이 바다로 나가고 바다의 산물이 산협으로 들어오는 곳으로서 장사꾼이나 여행객들 중에는 말(馬)을 이용하여 끊임없이 줄을 대고 있다. 적벽강(赤壁江)과 삼일호(三日湖)에서는 어부들의 노래 소리가 때때로 들려 오고 있었으니 여러 날을 산에서만 놀던 끝이라서 갑자기 인간 생활의 취미를 깨달을 수 있었다. 다시 눈을 들어보니 좌우의 의연함이야말로 예사로운 것이 아니라 아주 기이하고 절묘하여 문득 조화(造化)의 비원(祕苑)을 이루고 있었으니 이 세상에 있는 선경(仙境)이었다. 앉았다 섰다 하면서 바라다보니 산기(山氣)와 야취(野趣)가 한눈에 겸하여 들어오는데 이야말로 한하계(寒霞溪)가 유명하게 된 까닭이었다. 삼거리를 지나 갈전주막(葛田酒幕)가에 있는 몇 그루의 복숭아 나무 가운데에는 평평한 돌 하나가 있는데 육화암(六花岩)이란 석자가 새겨져 있었으니 이는 천불동(千佛洞)의 어귀라는 표비(標碑)였다.

천불동에 관해서는 다음과 같은 양봉래(楊蓬萊)의 초기(抄記)가 있다. "백정봉(百鼎峰)에 올라 북쪽으로 대적벽(大赤壁)을 바라보면 지세가 높직

하여 안개가 일고 구름이 밀려든다. 산마루를 따라 쉬지 않고 가면 이십 리쯤 되는 거리에서 적벽(赤壁)의 위에 도달하여 허공교(虛空橋)라는 곳을 만나게 되는데 다리가 아니다. 잡고 오를만한 사다리가 없으매 손을 짚고 기어서 백여 걸음 남짓 가면 확 트인 문이 되고 문밖으로 바라보면 백설이 내리는 것 같고 옥을 깎아 병풍을 만든 것 같다. 앞에 옥루와 요대가 있다. 어떤 것은 관대(冠帶)를 갖춘 거인이 예법에 따라 읍을 하고 있는 것 같기도 하고 어떤 것은 투구를 쓰고 갑옷을 입은 원수(元帥)가 말채찍을 휘두르면서 성세(聲勢)를 과장하는 것 같기도 하다. 나환(螺寰)[1] 하피(霞帔)[2] 불현(佛現)[3] 선비(仙飛)[4] 같은 것도 있고 기이한 모양과 괴상한 생김새가 귀신이 노한 것이나 배우가 웃는 것 같은 것이 있기도 하여 무어라 이름을 붙일 수 없었다. 이곳은 땅이 평평하고 넓찍하여 몇 천 자리의 밭을 일굴 만하다. 한복판에 백옥과 같은 둥그런 돈대가 있는데 높이가 십여 길이나 되어 올라가면 전체의 경치를 거둘 수 있었고, 돌틈에서 솟는 샘물이 달고 차가와 이를 마시면 허기를 잊는다"고 하였다.

---

1. 소라껍질 모양으로 틀어 올린 머리의 형태.
2. 道士가 입는 옷
3. 새의 일종.
4. 隋나라 때 宮人들이 신었던 신발의 일종.

寒霞溪

觀音雄博五峰奇
中有霞溪路轉遲
商人旅客交通地
野趣山情幷盡時
三日浦還漁子棹
六花岩刻古人碑
洞名千佛曾何意
玉雪樓臺處處疑

* 自溫井里西望溫井嶺通乎觀音五峰之間凡三十里長谷卽寒霞溪
也左觀音右五峰雄博中有奇麗狀態渡霞橋此溫井川下流而歷水晶
峰下有大路通高城淮陽等地峽産出于海海物入于峽商人旅客中馱
馬載絡繹不絶赤壁江三日湖漁歌時聞累日遊山之餘忽覺人間趣味
更擧目而左右之依然超凡出常卓奇絶妙便成造化祕苑而人寰中仙
境坐立眺望山氣野趣一眼兼之此寒霞溪之有名也歷三巨里葛田酒
幕邊桃花數三樹中有一張平石刻六花岩三字此千佛洞口標碑千佛
洞則有楊蓬萊抄記如左登百鼎峰北望大赤壁地勢高霞起雲漲從山
脊不舍二十里到壁上得虛空橋非橋也無梯槽之可綠匍匐行百餘手
呀然作門門外望數十里白雪羞明削玉爲屛前有玉樓瑤臺或冠帶鉅
人揖遜如禮或介冑元帥掉鞭張勢有螺鬟霞帔佛現仙飛有奇貌怪相
鬼怒優笑不可名此地平衍可置土田數千頃正中有白玉圓臺高十餘
丈登臨可收全景石泉甘冽飮之忘飢云

▲ 외금강 한하계

만물초 · 1

떨기를	이룬 봉이	온갖 모습	갖췄으니
금강산의	목록 하나	이루어	진 듯하네
오도자와	같은 솜씨	비록 있다	하더라도
신기한	이 변화를	그려내기	어려우이

*갈전(葛田)에서 행하여 오봉(五峰)에 이르면 석문(石門) 하나가 허공을 헤치고 서있는데 예사롭지 않은 하나가 동부(洞府)이다. 갑자기 보니 한 종류를 한번 보는 사이에 일시에 폭발할 듯하다. 양과 수도 없이 기이하게 빼어나 환상이 어린다.

동네 어귀를 넘으면 석장(石嶂)가에 만상정(萬相亭)이라는 조그만 정자 하나가 있는데 이곳은 관광객들의 휴게소이다. 이 정자의 우측 어깨 쪽의 석봉(石峰)은 커다란 용의 예리한 뿔과 같고 가운데에는 낙타의 안장과 같이 생긴 사자목(獅子項)이란 곳이 있었으니 이곳은 만물초(萬物草)를 감상하는 지점이었다. 조화(造化)가 공교로와 도무지 헤아릴 수 없다. 매양 아주 기이한 곳을 볼 때마다 문득 경탄성(驚歎聲)을 발할 지경이다. 그 심심(深深)·밀밀(密密)·곡곡(曲曲)·절절(折折)·중중(重重)·첩첩(疊疊)·층층(層層)·구구(區區)·기기(奇奇)·묘묘(妙妙)·환환(幻幻)·허허(虛虛)함이야말로 눈으로 형상해 볼 수도 없고 입으로 낱낱이 들 수도 없다. 그저 한 장의 조각품만 같아, 금강산 일만 이천봉의 목록이나 일람표를 온전히 얻은 것이었으며 또한 천지간의 동식물의 모형(模型)이라 해도 좋을 것이다. 어떤 것은 아침에 본 것이 저녁에 다르기도 하며 개인 날에 보면 변했던 것이 흐린 날에 보면 또 바뀌는 품이 신이 거짓말을 하고 도깨비가 변하듯이 한순간도 일정한 것을 볼 수가 없었으니 아무리 그림을 잘 그리는 자라 하더라도 그 참 모습은 그리기가 어렵고 아무리 말을 잘 하는 자라도 그 실상은 다 말하기 어려운 것이었다.

萬物草 二首 · 1

叢峰疊石萬千形
目錄金剛一部成
手法雖如吳道子
神奇變化并難呈

* 自葛田行至五峰有一石門排盧空而立非尋常一洞府忽看一種一
觀如一時爆發無量無數奇秀幻凝踰洞口石嶂邊有一小亭曰萬相亭
此探勝客付憩之所也亭之右肩石峰若鉅龍之利角中如駝鞍曰獅子
項此萬物草看賞地點也造化工巧都不可測每看大奇異處輒發驚歎
地也其深深密密曲曲折折重重疊疊層層區區奇奇妙妙幻幻虛虛目
難可狀口難枚舉便如一張雕刻全得金剛一萬二千峰目錄一覽表也
亦謂之天地間動植物摠模型可也或朝看夕異晴變陰化神詭怪幻無
一瞬之定觀可謂善畫者難盡其眞善言者難盡其實者也

만물초 · 2

또렷한	만물초가	제 모습을	드러내어
제여금	변하기에	이름 짓기	어려움네
나는 용	웅크린 범	겹겹이	둘렀는 듯
앉은 부처	나는 신선	온갖 모습	이루었네
모서리나	얼굴마다	보기 따라	달라지고
우뚝우뚝	뾰족뾰족	괴이하게	변화하여
그림자와	광채가	날씨 따라	달라지니
보는 이	부질없이	정신만을	흘린다네

萬物草 二首 · 2

昭昭萬物各呈形
變化難爲擧一名
龍騰虎踞千重匝
佛坐仙飛百態成
稜稜面面然疑錯
矗矗尖尖怪幻生
陰影晴光無定觀
世人謾費好神精

▲ 외금강 오봉산

안심대

허위허위	고갯길을	치달아	오르더니
쇠사슬	사닥다리	하늘 위로	걸려 있네
그대의	한잔 음료	시원타	감사하니
가파른 길	오르는 손	이 대 꾸며	위로하오

安心臺

百苦千辛上峙來
雲梯鐵索向天開
感君一酌淸涼飮
慰此危登設此臺

▲ 외금강 옥녀봉

옥녀봉두

금강산	가운데도	제일 멋진	옥녀봉은
일찍이	옥황상제	봉한 바라	일러 오네
푸른 절벽	솟은 양은	비단 장막	구름 병풍
구슬로	꾸민 궁전	하늘 높이	솟았구려
창 잡고	활 당기며	위엄 보인	원수 모습
금관 쓰고	옥홀 잡은	벼슬아치	좇는 모습
중토 오악	좋다 해도	이에는	못 미칠판
온세상	모든 산이	으뜸으로	떠받드리

*바위 틈을 따라 한가닥의 철삭(鐵索)을 잡고 노력하여 용감하게 뛰어서 천문(天門)에 올라 천풍(天風)을 쐬었다. 북변으로 있는 암벽을 바라보니 「金剛第一門」이라는 각자가 있고 문밖 좌측으로 향한 한 가지(줄기)로 이어져 있는 산봉우리들은 천 개인지 만 개인지 순백색의 돌들이 깎아 세워져 있는데 정상이 모두 뽀죽뽀죽 기이하고 공교로운 모습을 나타내고 있었으니 이는 비로봉과 오봉(五峰)의 내맥(來脈)이었다.

암벽으로 난 산길을 따라 나가서 절정에 기어올라 초점이 닿는 곳을 바라보면 천선대(天仙臺)라는 제각(題刻)을 우러르게 되니 이 또한 하늘에서 내려온 신선이 논다는 곳이다. 자빠지고 넘어지면서 기어오른 끝에 신선이 논다는 곳에 도달하니 나 자신이 신선의 대열(隊列)에 끼어든 기분이었다.

옥녀봉 일대를 바라보았다. 봉우리의 체격으로 말하면 참으로 왕자(王者)다운 기상이었다. 동해의 호호망망한 파도로 방어성지(防禦城池)를 삼고 위에는 비로봉이 갑주(甲胄)를 갖추고 진호(鎭護)하기를 대장과 같이 하고 동쪽으로는 세지봉(勢至峰)과 문수봉(文殊峰) 등 양봉(兩峰)이 울타리가 되어 있으며 만물초(萬物草)로 옥경(玉京)을 삼고 있다. 그러한 가운데에 옥녀봉이 옥황상제의 지위로서 좌정하고 있는데 사모관대를 갖춘 수많은 선관(仙官)들과 화려하게 단장한 수없는 천녀들, 그리고 구류(九流)[1] 백가(百家)[2], 사이(四夷)[3], 팔만(八蠻)[4]들이 제각기 그 직분을 지키느

라고 찾아와 뵙고 둘러서 있는 것과 같은 일대 장관이었다.

예로부터 만물초에 대한 제영(題咏)이 매우 많았으나 오직 이어당 상수 (李㟹堂 象秀)가 읊은 「峰驚拔地爭相睨 石怒排空盡欲飛」[5]라는 한 시구 가 가장 뛰어난 작품이었다.

---

1. 중국 漢나라 때에 학문을 아홉 가지로 나누어 일컫던 말. 儒家·道家·陰陽家· 法家·名家·墨家·從橫家·雜家·農家의 총칭.
2. 一家를 이룬 학파의 총칭
3. 東夷·西戎·南蠻·北狄.
4. 天竺·咳首·僬僥·跂踵·穿胸·儋耳·狗軹·旁脊.
5. 산봉우리들이 놀래어 땅을 박차고 빼어나 다투어 서로 흘겨보는 듯하고 돌멩이 들이 화가 치밀어 공중을 헤치고 솟아 모두 다 날려든 듯하네.

玉女峰頭

第一金剛玉女峰
云云天帝所曾封
錦帳雲屛蒼壁立
瓊宮瑤殿絳霄衝
執戟張弓元帥立
金冠玉笏百官從
中州五嶽稱藩國
世界群山孰不宗

＊從岩罅間扶一條鐵索努力勇躍登天門曬天風望北邊岩壁刻金剛
第一門門外向左一枝連嶂千耶萬耶削立純白石頭頭尖尖獻奇呈巧
是毘盧五峰來脈也從岩壁鳥逕而出攀緣絶頂眺望焦點之地仰見天
仙臺題刻此亦天仙遊御之所七顚八倒之餘得到仙所意謂此身亦參
列仙班望見玉女峰一帶峰之體格眞王者氣像以東海浩波爲捍衛上
有毘盧具甲冑鎭護若大將東有勢至文殊兩峰爲藩屛以萬物草爲玉
京中有玉女峰以玉皇位奠坐帽帶袍笏之億千仙官冠裳環佩之萬百
天女九流百家四夷八蠻各守其職朝覲環擁底大壯觀也古來萬物題
咏甚多而惟李嵋堂象秀所咏峰驚拔地爭相睨石怒排空盡欲飛之句
最絶作也

삼일포

서른 여섯　봉우리에　가을비　개었는데
마주 받는　어부가　두서너　곡이어라
네 신선　놀던 자취　누가 알고　모르는가
호수와　정자에는　다만 달빛　밝아라

* 삼일포(三日浦)는 곧 관동팔경(關東八景) 중의 하나이다. 주위가 십 리이고 면적이 삼백 팔십 정보인데 수려한 산봉우리와 기고(奇古)한 바위가 사방으로 싸여 호수를 이루고 있는데 호안(湖岸)에 있는 산봉우리가 모두 서른 여섯 개이다.

호수의 한복판에는 조그만 섬이 있는데 온갖 물상들이 맑고 아름답다. 호수 위에 있는 옛 절에서는 종소리가 때때로 불교의 운치를 알려 온다. 뒤로 보이는 금강산의 중첩된 산마루에는 연기와 남기가 자욱하다. 앞에 있는 동해 바다 일대에는 구름과 파도가 호호 망망하다. 아득히 먼 갯가에는 돛폭의 그림자가 비쳐오고 가까이에 있는 마을에서는 밥 짓는 연기가 피어 오른다. 하얀 물새는 두둥실 떠다니고 자주빛 돋는 물고기는 펄쩍펄쩍 뛰어 오른다. 끝없는 물결은 달빛에 명주자락같이 하얗고, 수없는 단풍잎은 서리 맞아 비단폭같이 고웁다. 시간의 흐름에 따라 변하는 대로 적어 간다면 그 정취야말로 움켜 쥘 듯한 것이었으니 이는 삼일포(三日浦)의 큰 경관이다.

여지승람에 이르기를 "영랑(永郎)·술랑(述郎)·남석행(南石行)·안상(安詳)이란 네 사람의 신선이 이곳에서 놀다가 사흘 동안이나 돌아가지 않았으므로 이러한 이름을 얻게 된 것"이라 하였다.

옛날부터 전하는 시구에 기억해 둘 만한 것으로 다음과 같은 것이 있다.

사선정(四仙亭) 아래에 물결은 출렁이는데/조그만 배를 띄우고 서늘한 저물녘에 노니네/서른 여섯 개의 머리채 같은 산봉우리들 하도나 아름다우니/풍류를 돋구기에 반드시 홍장(紅粧)[1]을 배에 실을 것 없네.(고려 채련)

_____

1. 고려 말, 조선 초기의 강릉에 살던 명기.

가을도 저물어 가는 맑은 호수에 서리가 내리려는 천기가 맑은데/선경에서 부는 바람 자주빛 퉁소 소릴 보내어 오네/청란(靑鸞)2은 아니 오고 바다와 하늘만이 넓은데/서른 여섯 봉우리에 명월만이 밝아라. (전우치)

거울 속같이 환한 곳에는 연꽃 같은 봉우리 서른 여섯 개이고/하늘 저쪽엔 미인의 머리채 같은 일만 이천 봉이네/그 가운데 한 조각 창주(滄洲)3의 돌은/함께 온 바다 손님들 베고 잠들기에 알맞네. (양사언)

이 시들은 옛날 사람들의 가작(佳作)이다. 그리하여 삼가 절귀 한 수를 차운하였다.

三日浦

三十六峰秋雨晴
漁歌相答兩三聲
四仙遊跡誰知否
只有湖亭夜月明

* 浦卽關東八景之一也周圍十里面積三百八十町步秀麗峰巒奇古岩石四方合包成湖岸底峰凡三十六湖心有小島萬象淸漪湖上有古寺鍾聲時報梵韻後見金剛疊嶂烟嵐靉靆前有東海一帶雲波浩茫遠浦棹影近村炊烟白鳥泛泛紫鱗潑潑千頃月練萬株霜錦隨時隨錄則情趣可掬此三日浦之大觀也輿地勝覽云永郞述郞南石行安詳四仙遊此而三日不返故得是名云古來詩句頗有可記如左四仙亭下水洋洋一葉輕舠弄晚凉州六烟鬟多媚嫵風流不必載紅粧右高麗蔡璉秋晚瑤潭霜氣淸仙風吹送紫簫聲靑鸞不至海天濶三十六峰明月明右田禹治鏡裏芙蓉三十六天邊鬟髻萬二千中間一片滄洲石合着同來海客眠右楊士彦此古人佳作而敬次一絶曰

2. 신선을 뜻함.
3. 隱者가 살던 곳을 뜻함.

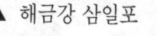

▲ 해금강 삼일포

▲ 해금강 만물상

해금강 · 1

뭍금강이	다한 곳에	바다 금강	펼쳐지네
봉우리	만 이천을	두루 다시	헤어보니
하늘 높이	솟는 물결	용트림	기상이요
땅에 솟은	봉우리는	창칼빛이	빼나도다
굴 바위	겹겹 돌들	개골 이름	마땅토다.
눈꽃이며	단풍숲들	중향성	완연한데
듣건대	선천 적에	뭍이 변해	되었다니
아주 푸른	하늘빛을	이제야	얻음일레.

＊삼일포(三日浦)에서 고성읍(高城邑)으로 향하여 동쪽으로 있는 조그만 강만(崗巒)에 해산정(海山亭)이란 정자가 있고 현판에 「楓山顯氣千年積/蓬海蒼波萬丈深」[1]이라는 시구가 씌어 있었으니 송우암 시열(宋尤菴 時烈)이 지은 것이었다. 입석포(立石浦)에 이르러 바라보니 해금강의 전경이었다. 그곳은 교룡(蛟龍)이나 해표(海豹)들이 숨어사는 곳인데 고시(古詩)에 이른바 "꿈틀거리는 온갖 귀신들 모두 불덩이 머금어/황도(黃道)에서 금빛 바퀴[2]를 받들고 나오고/바다의 중간에 있는 백옥 같은 봉우리에는/바람에 밀려오는 물결이 호호(浩浩)한데 밤은 차가와 오네"라고 한 시구가 그것이다. 집채 같은 파도는 지축을 뒤흔들고 바다 밖의 산들은 하늘 가장자리에 둘러 있다. 옛날에 창해역사인 여도량(黎道良)이 이곳에서 물고기를 잡았고 다파나국(多婆那國) 왕자였던 석탈해가 들어 있는 궤짝이 떠밀렸던 곳이다. 정신이 아찔하고 눈앞이 아득하여 그 끝을 헤아릴 수 없었으니 참으로 천지간의 거물이요 고금간(古今間)에 큰 골짝이었다.

　배를 타고 바다 밖으로 나가면 먼저 사공암(沙工岩)을 볼 수 있었으니 이는 오십 삼 위의 부처가 바다를 건너올 때의 사공이었다 한다. 칠성(七星)을 지나 월굴(月窟)에 이르고, 불암(佛岩)으로 내려와 북쪽으로 향하

---

1. 풍악산 큰 기상은 천 년 세월 쌓여지고 동해 바다 푸른 물결 만 길이나 깊어라.
2. 태양을 뜻함.

면 천길이나 됨직한 석벽이 있는데 海金剛이란 큰 글자 석 자가 각자되어 있었다. 이어암(鯉魚岩)·부부암(夫婦岩)·천왕암(天王岩) 등이 있고 금강문에 있는 해만물초(海萬物草)는 여러 곳의 상태가 한결같이 산금강(山金剛)과 더불어 하나도 빠진 것이 없었으니 기이한 일이었다. 다만 보는 것이 복잡하여 능히 다 기록하지 못하는 것이 많았다.

海金剛 二首·1

山金剛盡海金剛
萬二千峰復歷量
排空巨浪魚龍氣
拔地峰巒劒戟光
嵌岩壘石宜皆骨
雪萼霜林是衆香
聞說先天曾幻陸
如今那得照靑蒼

* 自三日浦向高城邑東方小崗上有海山亭云者板題楓山顥氣千年積蓬海蒼波萬丈深之句宋尤菴時烈所作也到立石浦眺望則是海金剛全景也彼蛟龍海豹之所隱遯而古詩所云蜿蜿百鬼皆含火捧出金輪黃道中滄海中間白玉巒風濤浩渺夜生寒之句是也鯨波撓地軸鰲首繞天際昔滄海力士黎道良捕龍於此多婆那王子昔脫解櫃泛之所也眩然杳然莫測其端倪眞天地巨物古今大壑泛舟洋外先見沙工岩是五十三佛渡海時沙工云也過七星至月窟下佛岩向北有千丈石壁刻海金剛三大字有鯉魚岩夫婦岩天王岩等金剛門海萬物草在在狀態一與山金剛無一遺漏奇哉但所見複雜多不能勝記

해금강 · 2

바다 위에	솟은 금강	기괴한 양	아름답다
뾰족뾰족	솟은 봉이	뭍금강과	같다지만
그 정신은	어지러운	티끌 세상	멀리하고
비바람에	갈린 뼈대	세월도	오래라네
연꽃 같은	봉우리들	송이송이	밝게 솟고
희맑은	물보라는	연기를	끌어대듯
푸른 바다	밑바닥에	아껴서	간직한 것
뭍과 바다	되바뀌어	드러나기	기다리네

＊옛날 사람들의 해금강에 대한 제영(題咏)이 많았는데 요약하여 기록하면 다음과 같다.

「특별한 신선들 사는 산이 바다 밖에 열려 있는데/옛날 사람들 이것이 봉래산(蓬萊山)이라 말하여 왔네/뉘라서 알리요! 보였다 안 보였다 하며 서로 따르는 곳에/일만 이천 봉이 한 줄기를 통하여 왔다는 것을」(호고와 유휘문)

「달팽이 뿔과 같이 좁은 곳에 옛 모습대로 일만 이천 봉―/아주 옛날엔 아마 큰 바다 속에 있었으리라/만약에 저 많은 물이 반대로 육지가 된다면/그 후에는 일곱 개의 금강이 모두 모습을 드러내리.」(농려 강헌규)

옛 전설에 이르기를 "천지가 한 차례 개벽할 때에 산금강(山金剛)과 해금강(海金剛) 두 금강이 육지와 바다를 서로 변경시키면서 서로 웅거했었다" 하며 또 이르기를 "천지간에는 여덟 개의 금강이 있는데 한 개는 완전히 드러났으니 산금강이 그것이고, 한 개는 약간만 드러났으니 해금강이 그것이고, 그 나머지 여섯 개의 금강은 동해 바다 속에 잠겨있다" 한다.

바다에 들어 있는 봉래산(蓬萊山)[1] 새삼스레 어여쁜데/바위 굴과 산봉(山峰)과 골짝들이 갑절이나 의연하네/부처의 머리나 신선의 손바닥 같은 바위의 모습은 삼천 겹인데/바다의 비와 섬의 서리를 겪어 온 지도 일만 년이 되

---

1. 海金剛을 가리킴.

었네/물거품이 능히 화석이 된다고 말하기 어려웁고/억지로 형기를 구한다면 족히 연기가 어렸다 하리/두루 하늘 속까지 비칠 길 없으니/다만 강산이 변한 오랜 세월만을 세어 보노라.

황매천(黃梅泉)2의 운자(韻字)를 차운하여 또 율시(律詩) 한 수를 지었다.

海金剛 二首 · 2

金剛出海更堪憐
尖矗峰巒酷似然
精神逈絕紛塵世
骨格磨礱劫雨年
芙蓉萬朶明生水
玉雪千莖細拖烟
靑深下底慳藏物
第待瀛桑變後田

* 多古人海金剛題咏而畧記如左別有神山海外開先天人說是蓬萊誰知隱見相隨處萬二千峰一脈來右好古窩柳徽文蓋角依然萬二峰先天應在大瀛中如將積水翻成陸而後七剛盡露容右農廬姜獻奎古傳說云天地一開闢時山海兩金剛水陸交變相據又云天地間有八個金剛一個全露山金剛是也一個微露海金剛是也其餘六個金剛沈在東海中也入海蓬山更可憐嵌岩峰壑倍依然佛頭仙掌三千疊蜃雨鰲霜一萬年難道泡漚能化石强求形氣足凝烟無由遍照青蒼底只箅滄桑刧後田右梅泉黃玹次黃海泉韻又賦一律

---

2. 본명은 黃玹, 한말의 애국시인.

이 뒤의 작품은 『金剛錄』 외의 산고(散稿)를
새로 수집하여 덧붙여 편집한 것임

해금강을 두고 지은 시를 차운하여 금강시사에 보내다 · 1

바다속   하늘에서   해금강이   솟았으니
돌의 기세   물결빛에   안팎으로   이어졌네
수다한   연꽃떨기   물나라에   펼쳤으니
오랜 세월   지낸 불상   티끌 인연   씻은 듯해
우리네   글솜씨도   시로써   다 못 썼고
선녘사람   재주로도   그림그려   못 전하리
철따라   다함 없이   달라지는   그 풍경에
뱃머리   못 돌린 이   예나제나   얼마든가

次海金剛韻送金剛詩社 三首 · 1

金剛生出海中天 石勢波光表裏連
萬朶芙蓉開水國 千年佛骨洗塵烟
東土文章詩未了 西人技術畫難傳
變幻四時無盡景 幾多今古未盡船

▲ 해금강 촉대암

해금강을 두고 지은 시를 차운하여 금강시사에 보내다 · 2

층층이	솟은 바위	태고로운	모습이요
들락날락	치는 파도	흩어지락	이어지락
오랜 세월	씻긴 부처	뼈대만	앙상하고
신선 놀던	저 지척엔	구름 연기	자욱하네
티끌속에	사는 무리	손짓하며	이야긴데
이곳 사는	재주꾼들	비춰 주며	자랑하네
언제든	금강에서	만나자고	기약한 날
번거로운	부탁이나	돛단 배를	마련하게

次海金剛韻送金剛詩社 三首 · 2

岩岩矗矗透先天　出沒汪洋散復連
佛洗千年餘骨格　仙遊咫尺暗雲烟
下界塵生空指點　各區才子映宣傳
早晏蓬萊相約日　煩君留待引風船

▲ 해금강 금강문

해금강을 두고 지은 시를 차운하여 금강시사에 보내다 · 3

해금강	솟은 곳이	바다 하늘	속이라서
산과 물이	제절로	이어져	있네그려
돌빛이	희디희어	도리어	눈과 같아
구름 낀	하늘인가	의아해	연기인가
그리기도	마땅커니	시로 짓기	좋거니와
눈에 드는	이 광경을	말로 하기	어렵구려
영묘하고	기이한 것	하고 하고	많고 많아
뉘라서	한 배에	능히 실어	볼 것인가

次海金剛韻送金剛詩社 三首 · 3

金剛出海天 山水自相連
石白還如雪 雲空更訝烟
畫宜詩亦可 眼看口難傳
萬萬靈奇物 誰能載一船

▲ 해금강 송도

해금강에서 기선을 타고 관광하다

넓디넓은	물결 위에	한 척 배로	물길 여니
솟은 산	이은 언덕	거울 위에	와서 앉네
일만 이천	봉우리의	빼어난	이 경치를
어느 때	옮겨와서	마름질한	이 바달까

海金剛泛汽船眺望

萬波茫瀁一帆開
尖矗崗巒鏡面來
萬二千峰奇絶景
那時移得海中裁

▲ 해금강 총석정

묘길상

쪼은 돌	사람 모습	부처 바로	그대론데
감중련	지은 곳에	그 이치가	참다웁네
이 세상	많은 인과	관계치	아니하고
앉은 채로	이름난 산	절 곁을	지킨다네

妙吉祥

雕石形人是佛身
坎中連處這理眞
不關世界多因果
坐守名山釋氏隣

▲ 내금강 묘길상

백천에서 잠시 쉬다

오랜 세월	티끌 인연	벗어버려	던져 두고
백천교	다달으자	잠시나마	쉬었노라
앞길은	갈수록	오르기가	어려운 곳
유점사	높은 곳에	정토 세계	열린다네

百川小憩

百劫塵緣脫脫來
百川橋上暫徘徊
前程去去艱登處
楡岾寺高淨土開

구담곡

구담 깊은	골짝에서	그곳 사람	만나보니
바위서리	오막살이	티끌 세상	등을 진 듯
묻노니	그대들은	무슨 일로	와 계신고
나무·돌	잔나비·새	이 모두	벗한다네

九潭谷

九潭深谷遇居人
岩角蝸廬絶世塵
問君何事離群處
木石猿禽亦我親

마하연

마하전　　　차린 집채　　　가장 고와　　　아름답고
빗돌엔　　　신라 때 절　　　지을 적 일　　　씌었네
들어앉아　　도 닦는 일　　어떠한　　　　일일는고
귀의하여　　득도하는　　　즐거움을　　　누림일레

摩訶衍

摩訶殿閣最佳麗
碑記羅韓創寺時
禁足觀心何事業
南無成快釋菩提

▲ 내금강 마하연

개잔령을 넘어서 환희현에 이르다

위태로운   벼랑길을   간신히   올라가니
실낱 같은   숨결에도   기댈 데   바이없네
가까스로   평탄하단   환희 고개   이르러니
쌓이고   쌓인 피로   모두 다   풀린다네

逾開殘嶺至歡喜峴

冒險辛艱陟壁危
幾乎縷息不能支
到得平夷歡喜峴
萬千勞苦摠忘之

환희여사에서 자놓다

이름난   이 산에서   한 밤을   묵고 나니
이 산이   정다와서   반기는 듯   하는구나
향기로운   이슬이   옷자락을   적시우고
영검스런   샘물은   꿈결에도   맑아라
우연히도   신선과   인연한   곳에 와서
티끌로   둘러싸인   형체를   잊었노라
이리저리   거니는   맑은   새벽에
절에서   퍼져나는   종소리   은은하네

宿歡喜旅舍

今夜宿名山
名山若有情
香露衣裳濕
靈泉夢寐清
偶着仙緣地
頓忘塵殼形
散步清凉曉
鐘聲落王城

125

명경대

황천길	여울목물	거울처럼	밝아 있어
사람의	잘잘못을	비추어	가려 주네
알 수야	없을망정	염라국의	한 모서리
이 산봉에	옮겨 놓고	이름 또한	매긴 건가

明鏡臺

黃泉灘水鏡心明
判照人間善惡形
未知一部閻羅國
設此峰巒各有名

▲ 내금강 명경대

비로관에서 자뇩으며

비로관	하루 밤에	하늘궁을	꿈에 올라
거듭 일러	가르치는	옥황상제	뵈었더니
너 또한	금강선과	연분이	무거운데
어이타	티끌 속에	태어나서	늙느냐고

宿毘盧館

夜宿毘盧夢帝宮
諄諄誨我玉京翁
爾亦金剛仙分重
如何生老世塵中

비사문

세존봉	오르려니	길은 점점	가파르고
겨우겨우	이른 돌문	발붙일	곳이 없네
쇠사다리	우러르니	벼랑으로	이어진 벽
올라오니	하늘 윈가	어리둥절	하더구나

毘沙門

世尊峰上路轉危
纔到岩門足未支
仰看鐵梯連絶壁
登來疑若上天之

비봉폭

높디높은 바위벽에 산을 싸고 열렸는데
좍좍 흐른 은빛 물결 비단으로 마름한 듯
모를레라 저 물줄기 어디메서 근원할까
아마도 저 물결이 구천에서 오는 게지

飛鳳瀑

千尋岩壁護山開
濺濺銀流匹緣裁
不識源頭何處是
飛湍應自九泉來

▲ 외금강 비봉폭

용마석 여관에서 유숙하다

용마는	어느 해에	돌말이	되었는고
긴 머리	고운 갈기	산 말과도	흡사하네
그 아랜	나그네들	자눅는	집이 있어
아리따운	아가씨가	산에 온 정	달래 주네

宿龍馬石旅館

龍馬何年換石形
長頭美鬣恰天成
下有旅人留宿屋
佳娥迎慰上山情

괘궁정

솔 사이	한 정자에	기왓장이	푸르구나
태조대왕	어느 해에	어가를	멈추셨나
그 옛날	섬오랑캐	물리쳐	없애던 날
싸움에	지친 몸이	쉬시려고	활 건 정자

掛弓亭

我太祖討平倭寇之後掛弓于此亭

松間一宇瓦甌靑
太祖何年御蹕停
疇昔島夷征討日
戰勞休息掛弓亭

장연사의 옛탑

두 단을	이룬 위에	삼층으로	무은1 탑이
돌 쪼은	그 솜씨야	능란코도	신묘하네
우뚝 솟은	옛 물체가	이 산 속의	으뜸이니
신라 때	그 누구가	일찍 이걸	세웠던가

長淵寺古塔

二成壇上塔三層
雕刻神功手法能
嵬然古物居山甲
羅代何人建築曾

---

1. "造成하다'의 경상도 방언

도산사 있던 자리

푸른 산	깊은 곳에	도산사	오랜 절터
일락배락	하던 내력	찾아	보겠네
오가는	뜬살이가	머물러	쉬는 이곳
깨어진	기왓장에	잡풀만이	어지럽네

都山寺遺址

都山寺古碧山深
興廢中間歷史尋
絡繹浮生留息地
頹甍殘草互相侵

단발령

단발고개	이름 붙기	옛날 어느	해이던고
머리 깎음	불도와는	인연함이	아닐테지
금강을	바라보매	마음 문득	흔쾌하다
몇몇이나	여기 오자	신선 좇기	원했을까

斷髮嶺

嶺稱斷髮昔何年
斷髮非求釋氏緣
望見金剛心便快
幾人到此願從仙

▲ 단발령의 전경 (왼쪽 위는 금강산전차, 오른쪽 위는 단발령터널)

선담

바위	한 덩이가	골 물길에	가로놓여
넓고 좁고	모나며	둥근 양이	배와 같아
바람도	향기롭고	달이 둥실	뜨는 밤에
봉래 신선	모셔다가	짝하여	놀고지고

船潭

岩身橫斷澗中流
廣狹方圓恰一舟
待得香風瑤月夜
蓬萊仙子引同儔

극락현 정자 위에서 잠시 쉬다

나무 떨기	높낮은데	골 물길로	터인 길에
뙤약볕에	걷자하니	참으로	어려운데
극락 고개	올라서니	새 정자가	높았으니
시원한	바람줄기	내 가슴을	식혀 주네

極樂峴亭上小憩

密樹參差澗路通
暑天行步太難中
登來極樂新亭屹
快我胸襟灑落風

입석

하많은	오랜 나달	온갖 티끌	갈고 씻어
바다 위로	웅긋쭝긋	제 생김새	드러내니
이것저것	어울려서	묘한 모습	이루나니
솔섬의	등대도	눈에 들어	새로와라

立石

磨洗千年百劫塵
滄溟立立露天眞
使委那個成奇妙
燭臺松島入眸新

▲ 해금강 입석

송전해수욕장

송전 바다	넓은 욕장	물결쳐	질펀하고
십리길	맑은 그늘	서늘함도	서늘하다
이 풍경	탐을 내는	한가한	나그네가
얼마나	많이 찾아	별장을	지었는가

松田海水浴場

松田海水萬頃波
十里淸陰爽氣多
飽嗜烟霞偸暇客
幾多來築別庄家

송전역에서 점심때 쉬다

서린 솔	맑은 모래	바닷바람	시원해도
하릴없는	무더위에	바다볕은	찌듯 한데
티끌에	찌드는 이	이 서울엔	얼마기에
누대를	지어 놓고	별장 차지	다 하는가

松田驛午憩

松盤沙潔海風涼
不受庚天海日湯
幾多京洛蒙塵客
起得樓臺擅別庄

143

천선대

바위문을	기어들어	바위문을	돌아나와
우러러	바위 모습	흰 장막이	열리었네
삼선대	미쳐서는	대 위에	올라보니
단단치	못한 몸은	찾아오기	어렵겠네

天仙臺

岩門匍匐岩門廻
仰止岩容雪帳開
及到三仙臺上上
世人難得肉身來

▲ 외금강 천선대

수충사

불가의	힘이 모여	사명당이	태어나사
칼 짚은	위풍으로	경향을	움직였네
나라 위해	갚은 정충	부처님의	힘이리니
스님들	길이길이	이 힘입어	빛나리라

酬忠祠

禪家鍾出泗溟堂
仗劍威風動京鄉
報國精忠知佛力
沙門千載賴生光

반야암

반야암에   오르는 길   백척대와   같은지고
깡마른   스님이   재올릴 때   속인 왔네
불법 외고   경강 참여   부지런도   하오니
가는 곳   어디서나   도량 열림   보게 되리

般若菴

般若登如百尺臺
枯僧齋禮俗人來
誦法參經勤似許
到頭應見道場開

옥류동

넓게 깔린	바위 위로	옥 구르듯	흐르는 물
떨어진 곳	맑은 물이	조그마한	못 이루네
마음도	몸도 함께	깨끗하고	시원하니
마시지	아니해도	목마른 정	가신다네

玉流洞

岩身平鋪玉流橫
落處澄潭數畝成
滿心灑落淸涼氣
未飮先蘇苦渴情

▲ 외금강 옥류동

효운대

신령한 용	가는 곳에	새벽 구름	맑아지고
돌 구멍	네 개가	선명히도	비끼었네
오십삼불	새긴 글씨	무지개로	뻗은 필치
글씨 쓴	그 여사는	이름 길이	전하겠네

曉雲臺

神龍歸處曉雲淸
石穴班班四個橫
五三佛字長虹筆
女史能全萬古名

외금강역에서 차를 내리며

수레소리   멈추는 곳   외금강이   여기로고
눈 안에   드는 명산   몇마장이   넘어뵈네
쉰 해를   지나오며   보고파서   벼르던 땅
이 마음   어찌 아니   잠신들   안 바쁘랴

下外金剛驛

車聲止處外金剛
入眼名山數里强
五十年來云謂地
此心寧不片時忙

밤에 전지에서 자눅다

전진의	솔숲기운	바닷바람	차가운데
좋은 차를	탔을망정	잠들기가	어렵구려
이 천리	남짓한 길	고향가는	이 나그네
금강길로	갈아드니	또 무엇을	보렴인가

夜泊前池

前津松氣海風寒
特急車中睡着難
二千餘里歸鄕客
改路金剛又甚看

원산 송도원

바람 탄 솔   나부끼고   바다물결   잔잔한데
맑은 날   이는 물결   몰아쳐   뿜는 소리
애멜무지   먹감으려   모인 사람   바라보니
떠오르고   잠기는 양   오리떼만   같구려

元山松濤園

松濤起與海濤平
白日風浪噴迫聲
試看浴場人共集
浮沈爭似鷹鳧情

오탁정

절을 짓던	그 해에는	물 없어	어렵더니
까마귀	쪼아대니	돌고드름	여울졌네
약물이라	전해오니	무슨 병에	영검튼고
속세에	병든 창자	마시면 곧	편안타네

烏啄井

創寺當年井水艱
靈烏來啄石髓湍
名傳藥水療何病
俗世煩腸飮輒安

금강산을 유람하던 중 고해사와 고회당에게 주다 · 1

금강이	좋단 말을	듣기만	하였더니
비로소	참모습을	이제사	보겠구려
두루 돌며	곳곳마다	다 볼 수	없게 되니
어쩌면	억천 몸이	될 수	있을까

金剛山遊覽之中贈高海沙高悔堂 四首 · 1

聞說金剛好 金剛始見眞
無由看處處 那化億千身

금강산을 유람하던 중 고해사와 고회당에게 주다 · 2

이름 난	이 산속에	벗 하나도	없는 몸이
참으로	이 모습을	누구와	즐겨 보리
여느 날에	아름다운	금강	이야기
모름지기	그대와	새 생각을	쓸 것일세

金剛山遊覽之中贈高海沙高悔堂 四首 · 2

名山無故人 誰與說群眞
他日金剛史 須君考筆新

▲ 외금강 귀면암

금강산을 유람하던 중 고해사와 고회당에게 주다 · 3

천작으로	솟은 금강	참으로	기이하여
온 누리	사람들이	모두 함께	우러르네
연기 노을	자욱한데	정토가	열려 있고
바위돌	벌인 양이	바둑판을	새김일레

金剛山遊覽之中贈高海沙高悔堂 四首 · 3

天出金剛奇 世人共仰之
烟霞開淨土 岩石列雕碁

▲ 외금강 삼선암

금강산을 유람하던 중 고해사와 고회당에게 주다 · 4

온 누리   사람들이   모두 함께   우러르며
금강이   기이타고   말하기를   꺼리잖네
괴이한 돌   머리머리   모두 부처   모양이요
신령한   멧부리는   솟아솟아   깃발일레

金剛山遊覽之中贈高海沙高悔堂 四首 · 4

世人共仰之 云是金剛奇
怪石頭頭佛 靈峰立立旗

▲ 외금강 관음폭

초간 역자후기

"한번 보게 되면 원이 없겠다"는 저 금강을 우리는 우리 땅에
두고도 가볼 수 없는 역사적 현실을 다만 안타까워할 뿐이다. 가보지
못한 이에게는 상상하는 산이 되었고 또한 가본 이에게는 회상하고
추억하며 그리는 산이 되었다.
마침내 복암공(復庵公:1887-1942)의 금강록(金剛錄)을 얻어 보니
여기에는 이 산에 얽힌 갖가지 설담(說譚)이 흥미롭게 펼쳐져서 읽는
이로 하여금 금강산의 곳곳을 헤매어 그 진경을 살펴 구경하게 한다.
또한 장엄한 자연의 신비로움에 감발된 정서(情緒)는 시정(詩情)으로
승화되어 아름다운 금강의 장관을 우리의 가슴속에 고스란히 옮겨다
주는 듯하다.
이것이 다만 한시문(漢詩文)이란 문자의 장벽 때문에 독자를 많이
얻지 못할 것으로 생각되어 이를 이해하고 감상하는 데 도움코자
하여 번역해 본 것이다.
이 책의 내용은 산문류와 운문류로 대별할 수 있으나 서로 관련된
내용들이다.
산문류는 금강산의 진경(眞景)을 이해하고 완상하는 데 크게 도움이
될 설담집이요, 이에 아울러 곁들인 시들은 즉흥적이요
즉영적(卽詠的)이며 또한 사실적이지만 섬세한 묘출(描出)의 기교와
말밖에 깃든 말의 뜻이 깊어서 참으로 음미할 만한 시품들이다.
이러한 시문의 풀이에 있어서 지은이의 오밀조밀한 묘사와 간직된
시정(詩情)의 깊은 뜻에 밀착된 풀이가 되어야겠으나 그렇지 못하여
참뜻을 상하지나 않았을까 두렵다.
다만 강호 제현의 혜안에 맡겨 질정을 바랄 뿐이다.

1987년 6월 譯者 識

찾아보기 · 금강록

著者 복암 이동훈(復庵 李東薰)

1887(고종, 丁亥年) 慶北 尙州 出生으로 成宗大王의 十五代 孫이다.
漢學者이며 평생을 시·문에 전념하고 1940년 금강산을 유람하여
금강록을 썼다.
1942년(임오) 3월 6일 작고했다.
자손들이 유작을 모아 『복암유집(復庵遺集)』을 폈다.

역자 조남권(趙南權)

1928년 충남 부여 출생
1989년 溫知書堂을 개설하여 後學들을 위한 漢籍講讀과 한적국역 사업
을 계속하고 있으며 현재 韓瑞大學校 부설 東洋古典硏究所 소장으로 재
직중이다.
國譯書로는 『紀年通攷』(新光文化社)·『趙龍門先生集』(太學社)·『韓
國古典批評論資料集·朝鮮前期篇』(太學社)·『竹溪日記』(太學社)   등
근 20종이 있다.

역자 홍재휴(洪在烋)

1933년 경북 문경 출생
경북대학교 사범대학 국어과, 동대학원 수료
동아대학교 대학원 문학박사
대구 효성 가톨릭 대학교 교수 겸 대학원장 역임
陶南國文學賞, 慶北文化賞(學術賞), 國民勳章 모란장.
현 경상북도 문화재위원
『韓國古詩律格硏究』『尹孤山詩硏究』『北行歌硏究』『知塘襍識』등
論文 外 多數

편자 이정구(李鼎九)

著者의 五男, 1924년 尙州 生.
教職 24年. 1943年 22회 「朝鮮美術展覽會」入選. 漢城藝術祭 大賞.
韓中日交流展. 個人展 2회. 世界寫生旅行 46個國
주소: 안양시 동안구 호계동 1116 샘마을 우방아파트 502동 805호
전화번호: (0343)454-0864

복암선생 금강산 유람기
1940년 금강록

지은이 · 복암 이동훈

옮긴이 · 조남권/홍재휴

엮은이 · 이정구

펴낸이 · 이정옥

펴낸곳 · **평민사**

1987년 6월 10일 초판 1쇄 발행

1999년 7월 8일 개정판 1쇄 발행

주소 · 서울시 서대문구 남가좌2동 370-40

전화 · 375-8571(영업), 375-8572(편집)

팩시 · 375-8573

등록번호 · 제10-328호

값 6,000원

KB153018